7人七色の人生体験

生き抜く知恵を読み取る

輝き人生研究会 [編]
猪俣範一
小野恒
木下勝栄
小林尚衛
齊藤純
根岸昌
吉田勝光

日本地域社会研究所
コミュニティ・ブックス

はじめに

日経新聞朝刊に連載されている「私の履歴書」を読むと、誰しも過ごしてきた人生のすべてが順調だったわけではなく、山あり谷ありの人生を送られているのが、よくわかります。

学生時代、出会った先生や友だちの影響を受け、勉強やスポーツ・芸術に興味をもって大いに楽しむことができた。就業時代、上司や仲間に恵まれ、楽しく仕事ができたし、成果を上げることもできた。定年後、始めた趣味で先輩や仲間と出会えて今も一緒に楽しく活動ができている――。

普通に生活してきたなかで、このような体験を自分史として残したいと思っている方は多いと思います。ただ、個人の体験談だけで一冊の本にまとめて出版するのは、量的にも体力的にも大変な作業になりますし、自分一人だけの話で皆に読んでもらえるようなおもしろい本にはならないかもしれないと、本にすることを諦めている人が多いのが現実です。

そこで、私も参加している勉強会「NPO法人 知的生産の技術研究会」で知り合った会員のうち、セミナー講師として興味深い話をされ、出版にも興味をもたれている方や、会報誌に掲載していただいた私の出版企画を読んで賛同してくださった方、および、会員のご友人にも声をかけていただき、「自分が一番輝いていた時代を探る」をテーマに、われわれのようなごく普通の人が、失敗を重ねつつも成功に至った体験談を自由に書き、それを一冊の本にまとめてみようと計画を立てました。

こうした趣旨を理解し、「執筆してみよう」とご回答いただいた7名で、本書『7人七色の人生体験』と題して出版することとなりました。

この7名は、年齢も就いた仕事や場所も異なりますので、それぞれ別な体験をされています。日本人の多くは、定年まで同じ業種に勤める人が多いので、他の業種の細部まで知る機会はあまりないと思います。この7名の体験談は、現在の自分の道幅を広げ、今後の生き方の参考にしていただけるのではないかと思っています。

輝き人生研究会　代表　小野　恒

目　次

特別寄稿

販売キャンペーンを、ドカーンとやった話

NPO法人 知的生産の技術研究会
創始者　八木哲郎

私がいちばん名をあげたのは沖縄です。仲宗根美樹の「川は流れる」がはやっていたころ、1961、2年（昭和36、37）ごろです。そのころ、沖縄には3年くらい滞在し、その後も行ったり来たりしました。

まだ、復帰前でいたるところアメリカ色濃厚で、祖国復帰運動のデモがさかんでした。

沖縄の人口は約１００万で日本の島根県とほぼおなじです。ですから私がつとめていた会社、味の素も沖縄の売り上げは人口なみでたかがしれているという見方でした。

ところがある旅行者が「とんでもないぞ。飲食店の調理は沖縄そば（いわばラーメン）などに『味の素』だと言ってじゃぶじゃぶ使っている」と言ってきました。「まさか」と思い、それで私が実情を調べに派遣されました。調査の結果はまさにそのとおりですが、実際には「味の素」は出ていない。

調べてみたら調理人たちが使っているのは、「味の素」だと言っているが、それは台湾からどさっと入ってくる「味精」とか「味源」と名づけているグルタミンソーダで、発酵法を使えば簡単に作れるようになったものです。

グルタミン精度は「味の素」が99・99％なのに、まがい物はいちばんよくて97％、ひどいのは86％程度でした。それでも大量に使われれば人間の舌など甘ったるいものです。

これはひどいということになって、私はにせもの（アザース）攻撃に地元のマスコミを動員して県民の正式な認識を求め、アザースは「味の素」ではないというテレビ宣伝を開始しました。

だから市場で「味の素」をくれと言っても、沖縄の人もこういう外来種を使った物があたりまえになっていました。

私が真っ先にやったことは、広告代理店を使ってテレビでそれがまちがいであることを知らせ、認識を変えるために一大販売キャンペーンをドカーンとやりました。同時に内地でもやったこともない優遇方法の特売をやったのです。

まず特等賞はオート三輪。それ以下、下の方もさまざまな賞品を揃えました。オート三輪効果は抜群で、販売店や消費者はものすごく盛り上がりました。小さな小売店や個人でもそれに参加したいがどうすればいいか、問い合わせが殺到しました。

特売に参加するにはどうしたらいいか面白い話がいろいろありました。

私が決めたのは「味の素」の小袋と住所氏名を書いた紙を郵便で送るようにしたのですが、さア大変。当時は郵便で送る方法がわからない、自分の住所も知らない。それで「味の素」の空き袋と住所氏名を紙に書いてくれれば取りに行くという方法にしました。

離島はどうしたかよく覚えていません。

こうした大宣伝で、とにかく沖縄中が盛り上がり、結果は売り上げが一気に5倍になりました。これには上級幹部も喜んで、重役が芸人つきでやってきました。

さて、自慢話はこのくらいにしておきます。

中国国営企業買収交渉と合弁企業運営で得た貴重な経験

猪俣範一

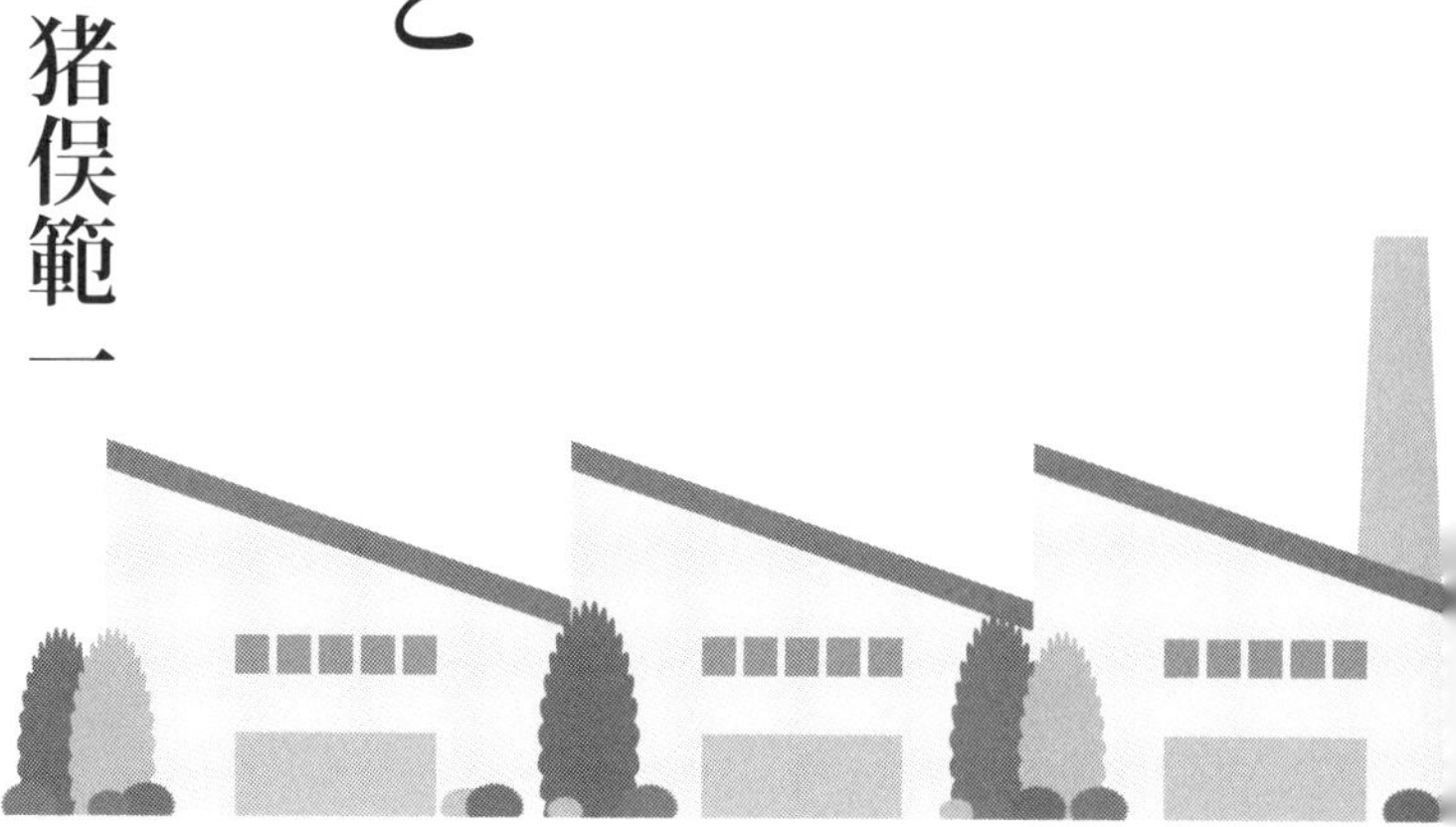

私が置かれていた状況

私は入社以来、水力発電プラントの機器（水車、発電機、運転制御装置、各種付属装置）を取りまとめるエンジニアリング業務に従事し、課長、部長を経て、40歳代後半に水力発電プラント機器製造事業の実務的責任者を担当しておりました。日本の戦後復興期は、外貨保有高が少なく、自国で賄えるエネルギー資源として、水力発電所が数多く建設されました。

その後、日本の経済発展に伴う電力需要の伸びに加え、外貨事情の向上による海外からの石炭や石油等のエネルギー資源購入が容易になったことにより、大規模発電が可能な火力発電に主体が移りました。さらに、それに引き続き、資源の多様化を目指した日本のエネルギー安定化政策により、原子力発電が導入され、水力発電の発電量シェアは約10％程度に低下していきました。私が入社した昭和47年頃は、経済的に開発可能な水力発電所建設地点が国内では減少し、火力発電や原子力発電の夜間余剰電力を貯蔵する機能をもつ国内揚水発電所と海外水力発電所を主要ターゲットとする時代になっておりました。

日本の高度成長期が終焉するなかで、事業を厳しい状況に追い込む事象が発生しました。そのうちの一つは為替変動相場制移行による大打撃です。輸出競争力に大きな影響を与える為替レートは、１ドル３６０円の固定相場から昭和48年に変動相場制へと移行してから大きく変動し、平成10年頃には、80円前後と約5分の1となりました。言い換えれば、1ドル360円時代の5分の1の製造コストでなければ、国際競争に勝てないという状況に変わっていました。

二つめは、国内電力会社の国際入札開始です。国内電力会社は発電所事故時の緊急即応体制の観点から、国内メーカーに限定する入札を保持しておりましたが、日本の貿易黒字蓄積額増大を背景に、国内市場閉鎖性に対する海外からの非難に遭い、海外メーカー入札参加への道を開きました。そのような状況を迎え、われわれの水力発電機器事業も苦境に陥り、事業縮小・廃止の道を選ぶのか、生き残りをかけて労働コストの廉価な海外に製造拠点を確保するかの二者選択を迫られる事態になっておりました。競争相手である欧米のメーカーは自国市場の需要減少と労働賃金上昇が日本より先行していたこともあり、日本より10年早く海外に製造拠点を設立しておりました。

海外製造拠点設立の背景および準備

そのような状況下、実務的事業責任者としての私は、平成14年に海外製造拠点の確保を決意するに至り、水力発電機器市場としての大きさと労働コストの廉価という2つの観点から、中国にターゲットを絞って、検討を開始いたしました。

幸い、買収候補先が見つかり、相手と下交渉を重ね、製造技術、設計、財務、法務、営業部門からメンバーを出していただき、検討チームをつくり、私がリーダーを務めることになりました。買収対象会社の製造設備、製造技術レベル、品質レベル、設計技術レベル、製造実績等を調査し、買収後の受注計画、売上計画、設備投資計画、人員計画、利益計画等を含んだ事業計画を策定し、買収可能金額を算出いたしました。透明性と客観性をもたせるために、外部の大手銀行系コンサルティング会社に買収対象会社の企業価値評価を依頼いたしました。

計画推進を阻んだ第一の壁「仕事がなくなる懸念からの工場側の反対」

海外製造拠点会社設立計画を推進するにあたり、いくつかの壁が立ちはだかりました。一つめの壁は工場側の反対です。私は本社部門に属し、事業全体を考える立場ですが、製造を担当する工場側から見ると、製造という自分たちの仕事を海外に設立した工場に移され、自分たちの仕事が奪われるというように映ります。実際は労働賃金の高い日本の工場コストでは価格競争力で勝てず、受注できないことが原因で工場の製造がなくなるわけですが、感情的反発も重なり理解してもらえません。説得する材料として、重要部品は日本側で製造する方針であり、すべての部品を日本で製造する従来コストで入札し、その結果、受注ゼロより、海外製造部品との組み合わせで全体の製造コストを下げ、受注の可能性を大きくするほうが、日本の工場側に仕事がある程度残ると説明しても、なかなか納得してもらえませんでした。

会社は事業部制を敷いており、その事業部経営会議で工場側の反対意見に遭い、計画再検討を4回にわたり言い渡されました。最後は上司である事業部トップにこれを認めていただけなければ水力機器事業継続は困難で、事業に直接関係する約350人にも上る人は、他の事業に引き取ってもらうしかないと談判しました。

上司からは「お前は開き直って、俺を脅すのか」と、半ば冗談気味に言われました。最後は「そこまでお前が言うのなら、水力機器製造拠点が失敗しても財務的には会社を潰す規模ではないので、会社としての最大懸念に対し、細心の注意を払うなら、認めないでもない」と言われました。会社としての最大の懸念とは、日中関係は政治的に微妙であり、中国に設立した会社の運営の失敗、さらに最悪撤退という事態の際、政治的問題に発展し、会社全体が大きなダメージを受けることだと言われました。

5回めの経営会議で承認を取りつけましたが、社内の過去の例では、普通は2回、再検討を言われると事実上、断念となるのですが、5回めの経営会議までもっていったことに対し、後日、経営会議に参加していた総務や経理部門の部長から、飲み屋で会った際、「あなたのあのしつこさと粘りには敬服したよ」と、酒の肴に言われました。そのときの上司は、副社長まで昇進し、今は私の船釣りの仲間となっておりますが、後日談として、「経営会議に上がってくる計画の数字はどのようにでもつくることが可能なので、鵜呑みにはしていない。大事なポイントはその計画を推進していこうとするリーダーの熱意、真剣さ、決意だ」と話していただきました。その話を聞いたとき、5回もの経営会議で私の真剣度が試されていたのかもしれないという気がいたしました。

私の経験したことは、会社全体や国全体でみれば些細なことだと思いますが、別の観点からみれば、日本の経済状況変化のなかで生じた共通の現象でもあろうかと思います。日本の製造業が工場を次々と海外に移転し、非正規雇用者が増大しているのも日本経済が一人前になり、為替変動相場制移行を余儀なく受け入れさせられたことに起因していると思います。資本主義体制下、グローバル市場のなかで世界各国の企業が熾烈な競争をしている状況では、このようなことは必然的結果だと思います。日本で発生している長期経済停滞、賃金低下、非正規雇用者増大、勝ち組・負け組等の問題の原因として、すべてを時の政府の政策に負わせるような風潮がありますが、私の個人的見解としては、資本主義経済の構造的問題なのではないかと感じております。

計画推進を阻んだ第二の壁「共産主義国家国営企業の丸ごと買収リスク」

事業部での経営会議を通過し、本社全体の経営会議で第二の壁に遭いました。中国という共産主義国家の国営企業をそのまま買収することに対するリスクです。日本でも国営企業の悪癖として、赤字を垂れ流し続けた旧国鉄の解体・民営化や、親方日の丸意識の強かった日本航空が倒産後、再建したケース等、多くの悪い事例があります。資本主義国家の日本でさえこうなのですから、まして共産主義国家中国の国営企業を丸ごとそのまま買収し、政治的に微妙な関係にある日本人が管理・運営し、改革をしていこうというのはある意味、無謀で正気の沙汰でないと思われるのは当然のことです。中国に進出する製造型企業の多くは、このようなリスクを避けるために、中国政府から土地を借り、工場を新設し、国営企業意識に染まっていない人を新規募集し、日本国内での1年以内程度の教育・訓練を実施し、日本人が管理・運営しやすい体制で中国での製造を開始します。

海外に製造拠点を確保するには、新しく工場を建設して人を新規雇用する方式か、または、すでに製造工場をもつ会社を従業員も含めて買収するかの2つの選択があります。家電機器、自動車、半導体は機械化、自動化が可能で工員の多くは1年未満の教育・訓練で成立する設備産業であることから、工場を新設する方式を採用するケースが多いと思います。われわれが製造する機器は、大容量クラスでは総重量が数千トン、部品直径が15メートルにもなる水車や発電機で、厚い鋼鈑を切断し、曲げ、溶接し、機械加工する製造工程において、きわめて熟練度の高い工員が必須です。そのような熟練技能者を短期間に大量に採用することは難しく、既存の製造会社を買収する方式を選択するしかありません。この点を理解していただいたことと、先行して中国の製造会社を買収し順調に利益を出していた変電機器部門の成功例、今後、必須と思われる火力発電機器の海外製造拠点への試金石の意味合いもあり、承認されるに至りました。

1年間の買収交渉

中国水力発電機器製造会社設立検討チームのリーダーとして推進してきた立場から、中国との買収交渉チームのリーダーとなり、下交渉を含めると2002年から約2年間にわたり、中国と日本を往復いたしました。その間、ある程度は覚悟しておりましたが、思わぬ事態に遭遇し、貴重な経験を積むことができました。そのいくつかをご紹介したいと思います。

本格的詳細調査と膨らむ買収金額

具体的交渉開始の前に買収対象会社に関する本格的詳細調査が必須です。この調査では、会社の機密的事項を含めたすべての情報を開示させることになります。会社にとっての重要情報を開示するので、安易に交渉を中止されては、情報開示側が困ることになります。そこで、買収の大枠の条件や交渉中止が可能となる条件等を含めた買収実施の意向を表明する書類を取り交わします。その意向書の署名を２００３年12月に行ない、翌年の２００４年1月から本格的詳細調査に入りました。

本格的詳細調査ですので、社内の各専門部門から人員を出していただき、契約、法務、生産・調達、品質、経理・財務、市場・販売、総務・人勤、環境の各調査グループからなる体制を敷き、買収対象会社に滞在し、調査を実施いたしました。経理・財務につきましては中国の会計事務所にも依頼いたしました。詳細調査を基に総合的な資産価値を評価いたしました。買収側から見た資産価値は専門的な評価方法があるのですが、ごく簡単に考えれば、買収対象会社が買収後どのくらいの収益を生み出すことができるかを想定し、算出された現時点での企業価値から、現時点でのいろいろな負債のなかで新会社が引き継ぐものを差し引いた価値ということになります。買収対象会社は継続的に赤字経営で累積損を抱えている状態ですので、日本のような資本主義経済体制では倒産会社として考えられ、株式価値はなきに等しいのですが、共産主義国家の国営企業では、株と異なり登録純資産は固定で、それ以下で売却することは原則として認められません。

詳細調査の結果、買収対象会社は長年の赤字経営の結果、会社としての財務上の累積損や銀行からの借入金以外に多くの負債を抱えていることが判明いたしました。さらに、買収後は国営企業から民営の新会社としてスタートするための企業改革費用が必要なことが判明いたしました。企業改革費用のなかで最大のものは、従業員労働契約解除保証金でした。国営企業では、終身雇用制を採っておりますので、新会社としては、中国の他の民営企業と同じ期限付き雇用契約に切り替える必要があります。このため、いったん、約千名の従業員全員を解雇し、新しく労働契約を結び直すことになりますが、この際に、退職金の支払いが必要になります。その他の企業改革費用として、過去の人員整理解雇者への未払い補償金一括払い、従業員住宅補助金の過去未払い金、早期退職者や定年退職者に対する医療費補助の過去未払い金、付属小・中学校の地方政府への移管費用、付属病院の地方政府への移管費用、付属小・中学校の定年教師養老年金の差額補償等々でした。

企業改革費用の問題は、日本側が直接、交渉に参加すると、要求が拡大していくおそれがあると判断し、中国側で責任をもって取りまとめてもらうことにいたしました。その費用の捻出は、われわれ買収側の企業価値評価額から、買収対象会社簿記総純資産額に対する日本側親会社買取比率分（80％を想定）に新会社での新規設備投資用増資額を加えた合算額を差し引いた額となります。簿価純資産額に対し、企業価値評価に基づき、われわれが高く買い、簿価との差額を企業改革費用に充てようとの計画ですが、企業改革費用が増加し、われわれの企業価値評価額を超えると計画断念の事態になります。この改革費用が従業員、早期退職者、定年退職者との交渉の結果でしょうが、交渉会議のたびに次々と膨れ上がり、たまりかねて、会議でこれ以上はのめないと席を立ち、買収交渉を2カ月間中止する状況に至りました。

妨害工作

企業改革費用が増大していく裏には、いろいろな立場の人が自分の利益からさまざまな要求や妨害工作を行なったと推測されます。買収対象会社の一部の経営幹部は自分の地位や処遇への不安、さらに新会社になってから自分の過去の不正が発覚するおそれから、従業員や定年退職者や早期退職者を扇動し、要求を拡大させようとしていたようです。また、退職者たちも日本企業から取れるだけ取れとの気持ちで要求を拡大し、さらに従業員の相当数は退職者の家族であり、同調する人もいたようです。

重要なプロセスとして、民営化の賛否を問う従業員大会が開催され、1回めの従業員大会は大勢の退職者が会社の門前に集合し、妨害の結果、流会となったそうです。幸い、従業員組合の長はわれわれの会社を調査訪問したメンバーであったことで、われわれの会社をよく理解し、民営化による会社再生がよいと判断し、彼が従業員たちを説得し、98％の賛成という結果でまとめてくれました。後日談ですが、私はその話を聞き、中国人の経営幹部として彼を登用し、難しい場面で相談相手となり、新会社経営を乗りきる際の大きな助けとなりました。この従業員大会で企業改革内容も同意を得られ、改革費用も固まりました。

新会社の経営体制

2005年1月、従業員千余名の日中合弁会社として営業を開始いたしました。董事会（とうじかい＝日本の会社では取締会）の董事（日本での取締役）構成は出資比率をベースに多少、中国側に譲歩し、日本側5名、中国側2名とし、董事長（日本では会長）に私が、副董事長に前身の国営企業の共産党副書記がそれぞれ就任いたしました。実務執行の経営幹部には総経理（日本の会社では社長）として私が、副総経理として日本人が5名、中国側から4名が就任いたしました。総経理に私が選ばれた背景は実務的リーダーとして中国側との交渉を実施し、詳細経緯を知っていることと、推進者として最後まで責任を取れとの理由でした。

経営実務執行の経営幹部を監視する董事会の長である董事長は、その役目から本来なら総経理とは重複しないのが原則です。この原則に対し、私のほうから董事長の兼務をお願いし、幸い、私が不正や横暴を行なうおそれがないとの判断をいただき、認められました。私が董事長兼務をお願いした理由は、大きな困難が予想される新会社での国営企業体質改革プロセスのなかで、重要事項決定のため、頻繁な董事会開催が想定され、日本側親会社に籍を置く董事長では、そのたびの出張は困難と判断したためです。

日本から派遣された人員は、長期駐在者が私を含め4名、短期6カ月出張者が2名でした。この人数で千余名の従業員を管理し、中国新市場での営業と製造を行ないながら、国営企業体質の改革を断行するということで相当の覚悟が必要な状況でした。中国の実情把握も十分でない日本人が微妙な日中政治状況のなかで、国営企業意識に染まりきった赤字企業を管理・運営する困難さは容易に想像できました。深刻な労使トラブルに発展することを避けるために、日本人の独断を避け、可能な限り中国側副総経理の意見を聞く社内体制としました。具体策として、総務・人事部門、設計部門、製造部門を統括する副総経理は日本人と中国人双方を配置し、私は総経理として極力、双方の意見を聞く立場に身を置きました。

共産党組織の扱い

２００５年当時の中国の各国営企業における最高権威は共産党です。中国はあらゆる組織で共産党が指導する体制を敷いており、すべての国家組織内の最高権威は共産党です。一例として、日本の県に相当する省には行政実務のトップに省長がおりますが、その上の権威として党書記が置かれており、大統領制国家の大統領と首相（または国務長官）と同じ役割分担に近いものと思われました。われわれの新会社は国営企業を前身としますが、民間合弁企業ですので、特定の政治組織が内在することは認めがたく、日本側本社からも社内に共産党組織を置くことは受け入れ不可能との指示が出ておりました。中国は共産党が指導する国家体制下、国営企業においては中間管理職の部課長の入党率は１００％です。言い換えれば、党員でなければ管理職になれないということです。このような状況下、国営企業である中国側親会社や新会社の共産党幹部に対し、新会社は民間企業であり、過半数出資者である日本側の親会社はいかなる特定政治組織に対しても中立的立場を保持することを会社方針としている旨、説明しました。時間外の社内での社内党員の会議は認めることを条件に、共産党組織を会社内の組織として認めないことで中国側の了解を取りつけました。

工会

工会（こうかい＝日本での労働組合に相当）については日本でも存在しており、そのまま認めることにいたしました。この工会の長は前身の国営企業時代に人望が厚く、買収交渉時点での民営化移行の賛否を問う従業員大会で賛成票の取りまとめに最大の貢献があった人物でした。前身の国営企業時代より彼の処遇を落として反感を買うより、相談できる関係に置くほうがよいだろうと私は判断いたしました。ただ、経済的処遇として会社組織から独立した存在の工会の長に給与を出すわけにはいかず、また、金額面でも中国人の副総経理クラス相当が必要であると判断いたしました。そこで、私はこの際、工会長兼務で経営会議メンバーとして登用し、会社経営の観点から企業改革に協力していただくことに思いが至り、彼に経営会議メンバーと工会の長を兼務する場合､何か困ることがあるか打診いたしました。彼の返事は予想外で、まったく問題ないとのことでした。そのときはその理由がよくわからなかったのですが、しばらくして、その理由がわかりました。資本主義経済社会では、経営者と労働者とは利害対立関係ですが、中国では共産党政権樹立時、党は労働者と農民を代表する組織であり、時代が経てもその建前は残り、共産党と労働者は同じ立場ということです。労働組合は欧米では対立が前面に出て、日本では会社という同じ船に乗っているという共存意識で温度差はありますが、基本構造としては、利益相反です。私も日本という資本主義経済社会にいたので、この常識で固定的判断をしてしまったということです。結党当初の時代から時が経ち、中国共産党の工会に対する考えは国営企業内共産党組織の傘下に工会を置き、経営幹部と工会幹部が一体となり、一般従業員を管理しているのが実態のようでした。そのような実態があれば、経営層が共産党から日本人に代わっただけで、新しい経営層に協力することに違和感が生じないのも理解できます。ちなみに、工会の幹部選挙も党が事前に推薦した人を形式的に工会員で信任投票するだけで、選ばれるのはほとんどが部課長クラスです。

中国に根を下ろす日本企業リーダーとして心がけたこと

日中合弁民間企業開業の際に、今後の会社運営で心がけたことは「中国の土地を借りて、中国の人を活用させていただき、中国の市場で企業活動をさせていただくことに深く感謝しなければならない」ということです。この感謝の気持ちがないと日中間の微妙な政治関係が存在する中国内での企業活動は成功しないと思いました。この考えに至った理由を以下でご紹介させていただきます。

日中合弁新会社設立の際に、日本側親会社から示された最大の懸念は、新会社でのトラブルが日中間の政治問題となり、不買運動に発展し、会社全体に大きなダメージを与えることでした。米国の某電気機器製造会社が中国の国営企業を買収した際、従業員全員の再雇用を保証しない形で、いったん、全員解雇する方針を従業員に説明しました。その結果、従業員が騒ぎを起こし、警察が出動し、米国人および中国人経営幹部を救出したとの話を聞いておりました。米国企業の場合は大きなニュースにはなりませんでした。これが日本の会社が出資する企業であった場合、政治的に微妙な関係のなかでニュースとして取り上げられ、日中間の政治問題化され、親会社全体に対する製品リコールや制裁措置発動に発展する可能性があります。日本出資の企業がトラブルを起こすとニュース化されやすく、中国政府も従来との整合性の観点から、政治的に見過ごすことができなくなり、政治問題化されやすい背景があります。また、経営的側面でも新会社の受注の９割は中国市場を計画しており、中国の電力会社が重要顧客になりますので、中国に根差した企業として認知してもらうこともきわめて重要でした。

国営企業の常識は民間企業とは真逆

国営企業は倒産しないという意識が蔓延し、それを前提とした発想から、その判断や行動基準が民間企業とまったく逆であるということに気づかされる出来事にいろいろな場面で遭遇しました。その一つの例は、製品品質に対する意識です。民間企業であれば品質の悪い製品は消費者から見放され、売れなくなり、最悪、倒産という事態になります。逆に、倒産するという意識がなければ、責任の所在が明確になる品質トラブルの原因究明を避け、仲間を庇い合うことを優先することになるようです。この現象は世界の資本主義国家や社会主義国家での国営企業の悪癖として指摘されており、倒産しないという前提では同じ体質に行きつくのだと思われます。日本の場合は、消費者やマスコミという監視機能が働くので、ある程度の改善はあるのでしょうが、共産党一党独裁では改善は難しそうです。

二つめの事例として紹介するのは、組織としてのコミュニケーションの悪さです。私が中国人部長たちとの会議で部下に伝達するように指示したことがほとんど伝わっておりませんでした。これもよく考えてみれば、倒産しない国営企業では上級幹部が自己保身していく術なのです。要は情報を部下に伝えないで自分だけが知っていることが自分の地位を守るのに都合が良いということです。この状況に気づいた私は、従業員全体を集めた会議で直接、説明する機会を増やし、また、各個別の会議では担当者までを参加させ、会社としての方針や施策を伝えるようにいたしました。

三つめの事例は、部下の教育に熱心でないというより、やらないほうが自分にとって得と考えていることです。民間企業では考えられない驚くべき事実です。しかし、これも倒産しないという前提に立つと当然の帰結だなと理解できました。なぜ、民間企業では後進の育成をするのかというと、それにより、会社の業績が良くなり、自分の評価も上がり、会社が発展していく過程で自分の昇給や昇進も期待できるからです。ところが、国営企業では、後進を育成していくことは自分の現在の地位が脅かされると考えるようです。後進の育成を考えないということは、会社として積み上げてきた技術や経験を、基準や教育資料として残さないということにもなります。

これに対しては、設計、製造、品質、人事、教育、経理等会社運営に必要な基準、指針を日本の親会社側から導入し、必要なものは中国事情による修正を加え、作成いたしました。

四つめは、人事評価の明確な基準が存在せず、自分の親戚、友人、利益共有グループに対しての情実人事が横行していたことでした。国営企業では利益という意識が薄く、このことから、民間企業にある企業発展や利益貢献への寄与という判断基準が存在せず、受注、後進の育成、製造コスト削減、品質向上、調達コスト削減、設計上での製造コスト削減等々に貢献という人事評価が不明確で、情実人事の温床となっておりました。

国営企業体質からの脱却に向けての施策の実行

旧国営企業時代は情実人事が横行し、会社全体の横断的人事制度はなく、明確な評価基準もなく、部門長が恣意的に評価していたようです。新しい資格制度、役職制度、賃金制度の策定に取りかかりました。日本の本社から派遣された短期駐在支援の人事担当者が日本の親会社の人事制度を導入しようとしましたが、頭を抱えてしまいました。親会社の人事制度を適用した場合に予想される大混乱です。部門間には最大2倍の給与格差がありました。たとえば、大学卒新人の給与は、設計部門や営業部門に対し、製造技術部門は約7割で、設計部門と製造技術部門間の人事異動の障害になります。製造現場部門の給与は製品重量を基準とする出来高制でした。中国人経営幹部から、固定制にするとサボるとの助言があり、当面、従うことにしました。ただ、出来高制給与査定に製造部品の重量基準を使うのは不合理と判断し、加工工数（製造に要する時間）を基準とするように変更いたしました。制度の確立した日本の親会社での経験は通用せず、かえって、専門家でない私のほうが柔軟性があり、多くの妙案や奇策で対応できました。国営企業意識の改革を目指し、外部人材の採用も積極的に行ないましたが、採用した外部人材は多くのいじめに遭い、常に私が目を光らせる必要がありました。

従業員を大事にしているということを理解していただくために、閉鎖していた社員食堂の再開、汚い現場のトイレの改装、まるで拘置所みたいな独身寮の改装に着手しました。

製造現場では、品質管理、安全管理、工程管理、コスト管理の基本的なことが欠如しており、私が出席する定例会議で徹底的に改善策を推進いたしました。会議では、製造管理の成果がでれば、従業員の給与を上げると約束し、私が退任した5年後には、平均給与を2倍にまで上げることができました。

結び「人類同源」

私が会社を退職する際に、中国国営企業の経営再建を評価いただき、社内特別表彰をいただけることになりました。その表彰金を使い、工場の玄関脇に記念の石碑を置かせていただくことにいたしました。

この石碑には、私の造語ですが「人類同源」と刻ませていただきました。私が伝えたかったことは、「現生人類はアフリカで誕生し、世界に広がっていった。そのなかでも、日本人と中国人は非常に近い関係にある。今後、困難なことが発生すると思うが、共に協力して乗り切って欲しい」でした。

土木の仕事は面白い

小野　恒

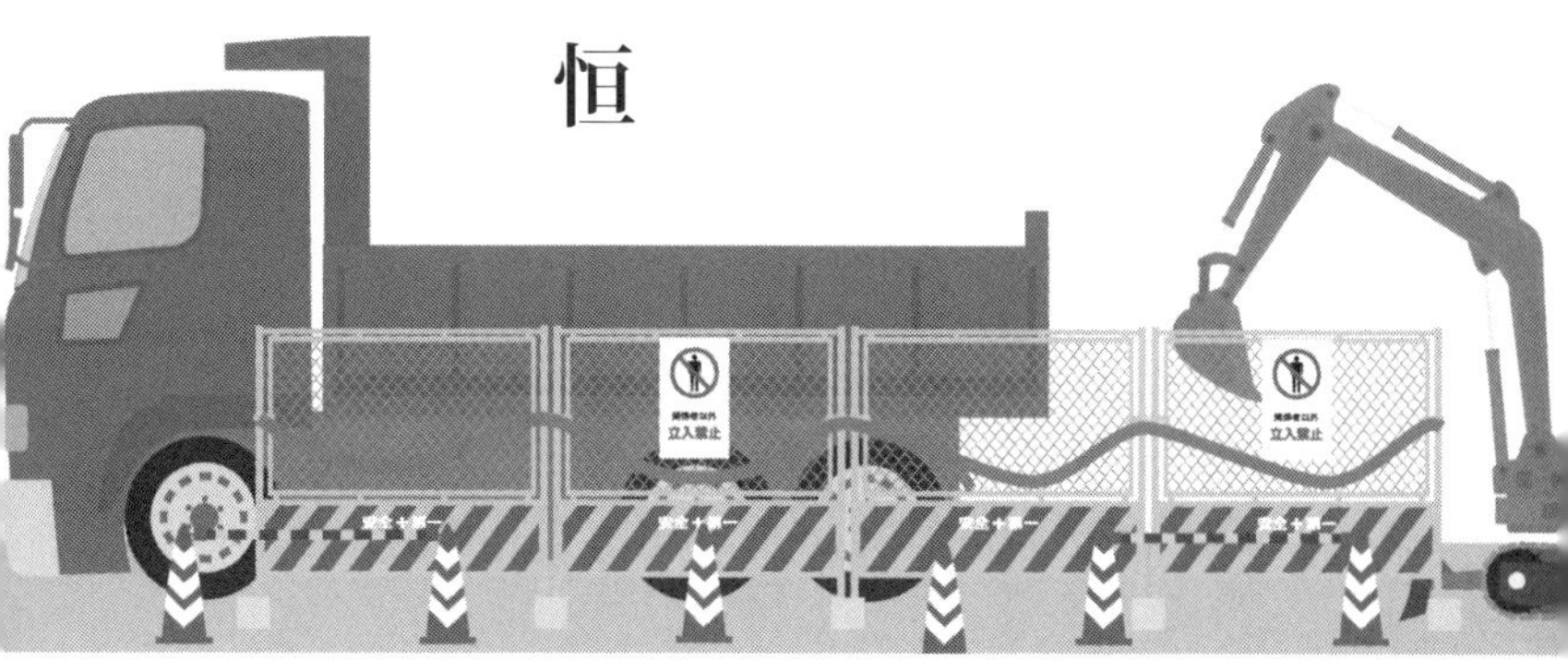

1970年（昭和45）4月、大学紛争が峠を越し、何とか4年生に進級できました。私は専攻していた土木を生かす仕事に就こうと思い、役所、コンサル（設計会社）、建設会社などを候補に挙げてみたものの、いずれの道に進んだらよいか、かなり迷いました。一番、仕事が実務的で、やりがいがありそうなところは建設会社ではないかと考え、ここに焦点を絞りました。担当教授の推薦枠のある建設会社のなかで、鴻池組を第一希望としましたが、複数の受験希望者があったので、誰が受験するのか皆で公平に決めるためにジャンケンをすることにしました。たまたま私が勝ったので、希望どおりの会社に就職することができたのです。

もしもあのときジャンケンで負けていたら、別の会社へ入社していたわけで、歩んだ道が今とはまったく異なっていたかと思うと、人生、運が左右する部分が多いことを思い知りました。

同じように建設会社を選択した同級生のA君は、B社に採用されました。配属先は千葉の成田。実はA君は学生時代、闘士として成田空港反対運動に参加していて、なんとその成田空港建設工事現場に配属されてしまったのです。さすがに工事現場で働くことが嫌になり、思い切って進路を変えようと大学院を受験し直し、無事、合格。半年余りで退職して大学院に進み、後に高校の校長にもなり、結果的には良かったと言っていました。

一方の私は、入社時の新入社員懇談会で上司からどんな仕事をしたいかと聞かれたので、高速道路をやりたいと伝え、希望どおりの東北自動車道白河工事の現場へ配属となりました。

工事現場の仕事

新人の仕事は現場監督です。高速道路建設工事の現場監督は、土を扱う土工事担当と、橋梁・ボックスカルバート等のコンクリート構造物を造る構造物担当の2つに分かれます。私は構造物担当になりました。いずれにしても現場監督という立場は、熟練作業員にも作業の指示を出さないといけないわけで、学校を出ただけで、右も左も何もわからない若造の私にとって、責任の重い大変な仕事です。当然、仕事の仕方や作業手順を上司である先輩に教えてもらいながら進めるのですが、当の先輩はというと、毎日の業務が多いため、朝から晩まで広い現場をスーパーカブで忙しく走り回っていて、新入社員の私に時間をかけて教えるというような時間はなかなか取ってもらえません。そこで私は頼りになり人の良さそうな大工の棟梁にお願いし、教えを乞いました。さすが棟梁、人に教えるのが好きなようで、墨出しの仕方や型枠の組み方等を、わかりやすく教えてくれます。「どうしてもわからないことがあれば、ベニヤ板に原寸で描けばわかる」と、やり方を教えてもらったことは、後に別の現場へ転勤になったとき、かなり役立ちました。

鉄筋工の親方には、鉄筋の加工の仕方や組み方を、実際に組みながら教わりました。とくに型枠工では、職人が材料不足で調達に走り回らないようにする事前準備の大切さと、逆に無駄になる材料を少なくする方法を教わりました。鉄筋工では、加工時に出るスクラップの量が少なくなるように鉄筋の取り合わせを考えることが大事であることなど、現場の利益に繋がるノウハウを教えてもらいました。

棟梁や親方は仕事に長けているだけでなく、新人の職人を育てることはもちろん、原価管理や安全管理など、多岐にわたる分野で配慮が必要なことから、気配りができて人柄が良い人でないと務まらない仕事だと認識しました。そして、この土木という仕事についても、実際に彼らについて一緒に現場をまわり、体験することで理解を深めることができました。土木施工法の教科書を読んだだけでは、まったく通用しないことを身に染みて感じました。

新人の仕事にはもう一つ、現場に搬入される材料が発注どおりであるか確認して受け取る検収作業というものがあります。ダンプトラックの荷台に乗り、スケールを当てて積み込んでいる砕石の数量を検収しますが、万が一、数量が合わないと、運転手に文句を言われて、それを納得させるまで大変です。工事箇所ごとに設計数量と搬入数量との比較表を作成しますが、搬入した数量が大幅に異なると原因を調べなくてはならないので、工事箇所ごとにきちっとした数量を搬入する必要があります。

とくに、生コンクリートを枠に流し込む生コン打設のときは、最後の生コン車に、あと何立方メートル注文すればよいか、現場をよく見てきっちりと計算する必要があります。余らせれば損をするし、不足となれば再注文することになり、生コン車が戻るまで職人を遊ばせることになるので、より正確さが求められます。

起工式と地鎮祭

工事に着工する前、工事現場で行なう大事な儀式があります。それは「起工式」と「地鎮祭」です。最近は簡略化されて2つの儀式を同時に行なうことが多くなってきました。簡単に説明すると、起工式は施主、設計・管理者、施工者、工事関係者が集まり、無事に工事竣工に至ったことを喜び、安全を祈願する儀式。地鎮祭は、氏神様にその土地を使用することの許しを請い、工事の安全と今後の繁栄を祈願するものです。

以下、私がこれまでに関わってきた地鎮祭について紹介したいと思います。

地鎮祭は、吉日の午前中に実施するのが通例で、施工場所の地元神社の神職に依頼します。

地鎮祭の順序および祭式の意味は次のとおりです。

①手水（てみず・ちょうず）……式場の外で体の汚れを除いたうえで、祭式にのぞむ行事。
②修祓（しゅばつ）……祓い清め神に近づくことで、参列者は軽く頭を下げ、神主のお祓いを受ける。
③降神（こうしん）……修祓によって、清められた式場へ神をお迎えする行事。参列者は軽く頭を下げて、神主のお祓いを受ける。
④献饌（けんせん）……神饌（米、魚、野菜、菓子、塩、水等）を神の前に供える。
⑤祝詞奏上（のりとそうじょう）……神主が祝詞を奏上する。この祝詞によって祭られている榊に、神が降りるとされている。参列者は、軽く頭を下げて願いを捧げる。
⑥四方祓（しほうばらい）……神主が祭壇に供えてある神酒、米、塩、白紙を敷地および四隅にまいてお祓いする。
⑦鍬入（くわいれ）……施主および設計・管理者が鍬（くわ）を入れ、施工者が鍬（すき）を盛り土に入れる。
⑧玉串奉奠（たまぐしほうてん）……施主、設計・管理者、施工者の順で玉串を神前に捧げ、二拝二拍手一拝する。玉串は時計回りに置くのが正しい置き方。工事事務所長が代行で行なう場合は、所員は自席で起立して一緒に拍手を打つ。

⑨撤饌（てっせん）……神饌（供え物）を下げる行事。
⑩昇神（しょうしん）……降神の儀でお迎えした神たちを元の御座にお帰しする儀式。

以上が祭式で、この後、神酒拝戴（しんしゅはいたい＝神酒で乾杯すること）をし、参列者は別席で乾杯する。協力を誓い合う儀として直会（なおらい＝神酒と供物を下げていただく宴会のこと）を行ないます。

土木構造物の仕上げ方

工事の施工上で、先輩から教えられたのは、鉄筋の被り（かぶり＝鉄筋表面からコンクリート表面までの最短距離のこと）の確保、生コンクリート打設時のバイブレータのかけ方、レイタンス(コンクリートを打設した後に、セメントの石灰石の微粒子や骨材の微粒分がコンクリートの上面に上昇して堆積した、白色の泥膜層のこと）のとり方、コンクリート表面の仕上げ方法などでした。

鉄筋に関しては、写真撮影時に結束線ハッカと各種サイズのスペーサーブロックを用意しておいて、被りが不足しているとわかったときには、すぐに手直しを行ないました。

また、生コンクリート打設時のバイブレータについては、どうしたらきれいな構造物にできあがるかを、世話役からかけ方を教えてもらい、実際に自分でかけてみて、初めて理解できました。レイタンスに関しては、作業員が真夜中に現場へ行くのについて行って、短時間できれいに除去できる方法をこの目で見て覚えましたが、作業員の知恵には感服しました。コンクリート表面の仕上げに関しては、「汚いコンクリートは構造物担当者の恥である」と、常日頃言われていましたので、型枠を外したら、すぐに現場に駆けつけチェックし、悪いところがあればすぐに補修して、補修箇所が目立たないように色合わせの方法を自分なりに研究しました。

現場巡察時には、常にハンマーとサンドペーパーを携帯し、時間があればできあがった構造物を磨くように努めました。

このように、品質管理の基本は、「自分で納得できる製品をつくるためには、どうすべきか」を常に問い、導き出した答えを実際の現場で実践してみることだと思います。

東京へ転勤

建設現場の若手社員は、最初から最後まで同じ現場に配属される人は少なく、新しい現場を受注すれば転勤させられます。若いときは、配属先が変わることでいろいろな工種を経験できるし、休日には転勤先の近くの観光地巡りもできますので、考えようによってはよい面もあります。私も、最初は高速道路工事でしたが、橋梁工事やバイパス道路工事などを東北各地で経験した後、東京へ転勤になりました。

このころ、高速道路が全国各地で開通するに従い、その高速道路工事自体が徐々に少なくなってきました。これからはシールドトンネル工事の時代だといわれるようになり、実際、私も東京都内、埼玉県内、神奈川県内で圧気シールド工法・泥水シールド工法・土圧バランスシールド工法・普通推進工法・泥水推進工法など、いろいろな工法のシールド工事に従事しました。今まで経験したことのない工種でしたので、戸惑うことが多く、配属当初はかなり苦労しました。

幸い東京では、各工法についての技術発表会がトンネル技術協会や民間団体などで頻繁に行なわれていました。上司がさまざまの発表会に参加するよう手配してくれたことは今も感謝しています。

発表会に出席したときには講師に質問する機会も与えられたので、私は必ず質問し、結果報告を社内回覧するようにしました。これをきっかけに、その後は私が経験した工事現場で苦労した話や皆で改善した話、失敗した話などを同じ現場に従事した若手職員とともに、仲間だけの工事報告書としてまとめるようにしました。

最近、シールドトンネル工事の影響で道路陥没事故が発生したとの報道を見聞きしますが、私がシールドトンネル工事に従事した1980年（昭和55）当時も、最大の課題は、地下で掘削する工事の影響で道路や家屋が沈下することでした。

シールドトンネル工事は、軟弱な地盤での施工が多いので、シールド機とセグメントの間にできた隙間をすぐに埋めないと、地盤沈下の原因となります。だからといって、急速に固まる材料を使用すると、シールド機が動かなくなってしまいます。この問題を解決するため、技術部の職員と一緒にチキソトロピー性（ゲルをかき混ぜると流動性のゾルに変わり、放置しておくと再びゲルに戻る性質）のある材料を開発しようと、いろいろな現場で実験したことを思い出しました。

しかし、このようなニュースを見聞きするということは、40年経った2020年の現在も、工事費が安くて確実に沈下を防げる工法が、いまだに見つかっていないのではないかと思われます。

建設工事のやり直し

建設工事のなかでも、とくに土木工事は、屋根のかかった工場で数多くの製品を繰り返し製造するのとは異なり、施工する場所や仕事が毎日のように異なります。そのため、測量間違いや図面間違いによるやり直しが発生する頻度が多い仕事です。

１９９４年（平成６）当時、アメリカの建設工事のやり直しコストは12％といわれていました。ということは、10億円の建設プロジェクトだと、そのうちの何と1億２千万円はやり直し分が占めることになります。

その主な原因としては、エラー（間違い）、オミッション（忘れた）、チェンジ（変更）の３つです。やり直しコストに12％もかかっていては価格競争力がなくなり、会社の経営も成り立つものではありません。そこで、アメリカでは「建設費を20％下げる」「納期を20％短くする」、「安全率を25％向上させる」という３つの目標を掲げ、２０００年（平成12）までに達成することで競争力を回復させようとしました。が、やはり実際には難しかったようです。

日本もこれとまったく同じとはいえませんが、実際、全体コストとして、やり直し分がかなりの割合で含まれているだろうと思われます。それを少しでも減らすためには、自主検査が非常に重要となり、測量のチェック、納入数量の確認、出来高図の確認、出来高写真の確認等を毎月、行なっていくことが大切だと思います。

オイルショック

オイルショックが起こった1973年（昭和48）当時、この影響で建設機械の軽油や生コンが入荷しなくなってしまい、工事にとりかかれなくなるような事態が発生しました。

会社からは「工期を厳守するためには、どんなに費用がかかってもいいから入手すること」との命令があり、購買部、取引業者、協力業者等あらゆるつてを頼って、全国各地から資材を購入しました。とくに生コンクリートは、レミコン工場へセメントを運び込んで、その数量に見合った生コンクリートを出荷してもらうという状況でした。そんな状況下ですので、当然かなり工事原価が悪化してしまいました。しかし、物価スライド条項が適用されたので、多少は救われました。また、とにかく工事の遅れを取り戻すために、突貫工事の体制をとり、何とか所定の工期に間に合わすことができました。

このとき以来、誰もが原価管理にシビアなったようです。契約単価は適正かどうか。毎月、各工種の実態の歩掛りを基に、単価を比較検討し、適正単価を見出すことに努めるようになりました。

期限は1カ月

推進工事（下水道）を施工したときのことでした。発注後、施主から突然、「隣の工区との関係から発進立坑までの構築を行なって欲しい」と、工事内容の変更を言い渡されました。当初、私はこの1カ月の間で道路使用許可、電力、NTTの切り回し、現場説明会など工事以外の仕事もこなさなければならず、発進立坑の施工まではとても無理だと思っていました。

しかし、施主の担当者は「自分が工程を作成したので、できないはずはないだろう」と言い張ります。私は過去の経験から、諸官庁との打ち合わせには、ある程度の時間がかかるのは予測できたので、とても承諾できないと主張しました。しかし、「とにかく全面的に協力するからやってほしい」と言われ、仕方なく「最大限、努力します」とだけ答えました。

その日から1週間ほどかけて、私は担当者と警察署、土木事務所、電力会社、NTTなどに日参しました。その結果、許可を早めてもらったり、切り回しを早めに実施してもらったりすることができ、施主の希望どおり、発進立坑の施工まで行なうことができたのです。

それにしても、施主とともに日参すれば、どんな諸官庁でも熱意が伝わるのだと、しみじみ感じたことを覚えています。

暴力団事務所

繁華街でシールドトンネル工事（下水道）をするため、各町内会単位で現場説明会を開催することになりました。ところが、どうしても参加してくれないところがありました。工事の沿道にある3カ所の暴力団事務所です。これは、避けては通れない問題なので、どうにかして説明に行きたいと思っていても、なかなか行けず苦慮していました。

そこで、地元の協力業者にお願いし、その筋の仲介者をみつけてもらい、その仲介者と一緒に事務所の責任者を訪ね、やっとのことで工事の詳細について説明することができたのです。それで最終的には工事の協力を求めることができました。

工事の都合上、数日間、事務所の前を通行止めにしなくてはならない場合もあります。通常だと何だかんだと文句をいってくるケースもありますが、このときは事務所の責任者が「事前に説明があった」と部下に伝えてくれていたお陰で、とくに問題なく施工することができました。また、事もあろうに到達立坑近くに止めてあった高級外車を、薬駐パイプで傷つけてしまったときも、保険での支払い可能な金額で弁済することができました。

このように、どんなに時間がかかったとしても、沿道のすべての人にていねいに説明してから工事を着工するべきだと、このときつくづく感じました。

初めての海外勤務

シールドトンネル工事の経験を積んで、現場所長になり、さあ、これからいろいろな現場で采配を振れると思っていたところ、「これからは海外工事の時代だから海外に行ってもらう」と言われました。

インドネシアの首都ジャカルタで、日水コン（水道のコンサルタント）が施工管理をしているので、そこの技術者として出向し、エンジニアリングと推進工事の技術指導をして来いとの命を受けたのです。1年程度とのことでしたので、行くことにしましたが、1988年（昭和63）当時はまだ海外に配属される人は少なく、出発当日は成田空港に10人もの所長連中が盛大に見送りに来てくれたという時代でした。

仕事は、設計図面の承認・現場管理・現場指導・会議等々です。書類はすべて英語。会議も英語で行なわれるので、最初はかなり戸惑いましたが、技術的な話をするときの用語を理解するには、それほど時間はかかりませんでした。

日本人の技術者には、担当の現地技術者がパートナーとして常に同行してくれるので、あまり困ることはありませんでした。危ない場所の現場管理に行くときには、「腕時計や指輪を外して会社に置いていきなさい」と言われ、恐る恐る現場に行きました。後日、帰国したときに後輩にその話をしたところ、学生時代にそんなに危ないところとは知らずに行き、強引に腕時計を奪い取られて腕に怪我をさせられた経験があると言われ、海外では様子をよく知っている現地の人の指示に従うものだと、改めて思い知らされました。

技術情報や管理関係情報は、特定の人だけが管理していて、それが利権の温床である実態を見聞きする機会がありました。私たちの技術資料も報告書として管理者側に預けてしまえば、実際に必要とする現地の建設会社には、簡単に行き渡らないのではないかとの思いから、私は管理者側に資料を上げる前に、写真をつけて説明文を英語で述べ、それをパートナーのホンコ氏にインドネシア語に翻訳してもらって、実務に従事している関係者に配布するようにしたのです。この方法は非常に感謝されました。今まで、インドネシア語の技術資料を作ってくれた日本人はいなかったと言われ、やってよかったと思いました。

手紙で対話の日々

1988年（昭和63）11月3日、朝日新聞のテーマ談話室「家族」に私の投稿文が掲載されました。遠く離れた家族とは、こんなふうに対話をしていました。

土木技術者になり17年めにして初めて海外勤務となりました。国際化の波がこんな身近なところまで押し寄せてくるとは、と驚き、語学研修も不完全なまま単身で赴任した。来てみると職種は違っても同じ境遇の人が多いのにびっくりした。理由として、子どもの教育、持ち家を離れられない、会社の規定で家族赴任を認めない、などのようでありました。

現地の人には、これが理解できないとみえて、なぜ日本人だけが単身なのか、よくいわれる。ただこの国では、炊事や洗濯、掃除はメイドさんの仕事で、自分の時間がより多く持てる。そのせいか、カラオケバーは、土・日曜日のほうが混雑して、日本とは逆の現象です。

初めての単身赴任で、家族の大切さが身にしみてわかりました。残された家族のほうがより大変だということも。ただ家族との対話という面からは、今のほうが多いとも言える。日本にいたときは業務に追われて話し合う時間はあまりなかったが、今は手紙を交わすことにより、お互いの考え方や気持ちが理解できるからです。

今の私の楽しみは、一日の仕事が終わり、どんな手紙が届いているかとワクワクしながら玄関の扉を開ける瞬間である。

ジャカルタ　小野　恒（38）　鴻池組駐在員

再びジャカルタ勤務

1年のジャカルタ勤務を終えて海外事業部に出社すると、海外経験して言葉も少しはできるようになった私に、今度は新しく設立するジャカルタ事務所の所長として再度、赴任してもらいたいと請われ、再びジャカルタで仕事をすることになりました。

最初は、提携先のイスタカカリアという国営建設会社の本社の一部屋を借りてのスタートです。日本人は私ただ一人でした。そこで私は希望者に簡単な日本語を教える教室を開いたり、共同で入札に臨んだりしながら人脈を広げ、新しい事務所をジャカルタの中心地、ランドマークタワー内に設置しました。新しくオフィスボーイとして雇ったエンダン君が、田舎のお母さんに「日本企業に入れて嬉しい」と連絡したところ、「日本人は恐ろしいので気をつけたほうがいい」と言われたとのこと。またまだ、田舎では日本人アレルギーがあることを思い知らされました。

設置して3年の間に、水道工事・工場建設工事・事務所設置工事・忠霊塔建設工事等を受注し、当初の目的は達成。後任者と交代し、本帰国しました。

国際入札

ジャカルタで水道工事の入札があった日のこと、雨期で交通渋滞が予想されたため、私たちはいつもより早く会社を出発し、1時間前には入札会場へ到着し、入札を待っていました。ところが、定刻になっても2社ほどまだ来てない業者がありました。

発注者から「今、業者から連絡が入って、交通渋滞に引っかかったため、15分程度遅れると言っているが、皆さん、待ってあげますか」という提案がありました。これに対して即座にほとんどの業者から「待ってあげよう」との声が上がったのです。こんなことは日本ではとても考えられないことだと思います。

しばらくして、全社がそろってから、立会人2名の選出があり、私もその立会人の一人となりました。

最初に各社の提出書類がそろっているかどうか、1社ずつ確認し、黒板に記入すると、その都度、勝ち負けのどよめきが入札会場内で起こります。

ただし、ここで一番札を入れた業者がすぐに落札するわけではなく、コンサルタントが工種ごとの詳細な比較検討資料を作成し、1カ月後に最終的に決定する仕組みとなっています。今回、落札結果は予想どおり、一番札を入れた業者が受注しました。

土木工事のビデオ制作

ジャカルタから本帰国して、新規配属先を聞きに出社すると、「お盆休み後、台北で地下鉄の国際入札があるので、台北に行ってくれ」と言われ、さっそく海外出張となりました。台湾の建設会社と共同企業体を組んでの国際入札ですが、シールドトンネル工事の経験のない会社ですので、積算や技術資料づくりも大変です。われわれが積算した金額は、１００億円程度になりましたが、この金額では落札できないので80億円まで下げて欲しいと言われました。その差について、各項目の金額を比較すると、われわれは機械および材料は、信頼できる日本製で積算していましたが、台湾側は韓国製やドイツ製の金額を入れていました。80億円では当社が責任をもって施工できないので、台湾の会社の主張する金額で落札した場合は、当社が技術指導と日本人技術者を派遣するとの契約を結んで、落札しました。

私の仕事はここまでで帰国。さて、次の仕事は何だろうと思っていると、上司から「現在、会社には多数の工法ビデオや技術情報資料があるが、体系立てて整理して欲しい」との提案がありました。時間と予算をつけてくれるとのことでしたので、この際、今まで現場で体験してきたことが若手職員の参考になるのなら、ぜひビデオを制作しようと考え、土木が強い出版社の山海堂に相談したところ、ちょうど同じような趣旨の企画を日本コンサルタントグループと立案していたとのことで、私も加わって制作することとなりました。

出版社サイドから、コンセプトは主に成功体験を紹介する企画にしたいと言われたました。が、実のところ、工事現場が外部に発表しているのは成功体験ですが、実際にはいろいろな失敗を重ねながら施工しています。

失敗例を挙げないと、参考になったといわれるビデオにはならないと主張し、議論を重ねた結果、私の要望が通り、失敗事例を盛り込んで制作することになりました。

ビデオ『建設業現場代理人講座「土木工事の施工計画と施工管理」』全7巻

山海堂・日本コンサルタントグループ

第1巻 明日への架け橋　　第2巻 土木工事の施工と管理（座談会）
第3巻 施工計画・仮設工事　　第4巻 土工事（土と水）
第5巻 基礎工事　　第6巻 コンクリート工事
第7巻 トンネル工事・シールド工事

制作にあたっては、会社の工事現場を撮影現場として提供したり、シナリオライターが書いた脚本をチェックしたり、編集に立ち会ったりと貴重な体験ができました。

後日、ビデオの売り上げが1億円を超えたとの報告を受けたときは、制作してよかったと関係者とお祝いをすることができたのが嬉しい思い出です。

土木工事の本の制作

新規事業として、汚染土壌修復事業および、ごみ固形燃料化事業のチーム配属になり、全国調査や環境先進国のヨーロッパ視察等を行なったり、研究会に参加したりして、事業を立ち上げることができました。

仕事のかたわら、『土木工事現場の上手な運営法』（山海堂）という、土木工事の易しい本を共著としてまとめることができました。工事の受注から竣工までを手順に従って、各工程の概略説明や留意点についての対処法を伝授したものです。初めて現場に配属される土木技術者・事務職員の方がたにも、仕事の進め方が一目でわかるよう平易に解説した、現場技術者必携本として発刊したところ、多くの方に購入していただいて、3刷りにもなりました。読者からのハガキもわかりやすいと好意的な意見が多く、苦労して制作した甲斐があったと思いました。

土木専門員

定年後の働き方を考えていたところ、友人から「市川市で技術専門員（土木）を募集しているので、応募してみたら」との助言をもらいました。その仕事の内容は、市の業務を適正に行なうために、経験のある民間人（25年以上および技術資格）の立場から、市が発注する予定の土木工事の内容を整理した設計図書（図面・仕様・積算等）の内容を精査し、あわせて市の職員に技術的助言を行ない、その適切な執行を支援する仕事とのこと。学校卒業後、民間企業一筋の勤務歴の私に、そのような仕事がはたして務まるかどうか、少し躊躇しましたが、何とか1次選考を通過し、面接試験までたどり着きました。面接試験会場のドアを開けて、面接官を見ると、何と知り合いの方でした。それが功を奏してか、採用になりました。

実際、どんなことをしたかというと、仕様書を確認し、役所特有の文章で「何々等」などの表記があると、「等とは何か、具体例を記入するように」と求め、関係法令との整合性がない箇所については、確かめるように指示しました。

また、積算については、根拠がわからず一式で計上している箇所をみつけたときは、市の担当者に「自分が家電量販店でパソコンを購入するときは、他店との価格比較を行なった上で、価格交渉するのと同様に、役所の積算も、積算根拠を明確にすべき」と指摘し、修正してもらいました。

あるとき、K区役所から市川市役所に、「K区でも専門員制度を取り入れたいので、来てくれる専門員はいませんか」との問い合わせがきたとのことで、私はすぐに手を上げてK区役所で働くことにしました。

あとで知ったことですが、実は、K区役所の労働組合は、民間人による専門員制度には反対で、1年間やってみて、成果が上がらなかったら取り止めることになっていたとのことでした。幸い、私が従事してから、補助金申請で指摘されることや受注業者からのクレームもなくなったので、労働組合もこれを認め、専門員制度は継続されることになりました。

その後、土木専門員で得た貴重な経験を、多くの人たちに参考にしてもらう方法はないだろうかと考えていたところ、日経BP社が出している土木の雑誌『日経コンストラクション』に「クイズ積算ミスを探せ」というコラム欄を見つけました。さっそく、私も執筆させてもらえないかと編集者に問い合わせると、先ほど触れた共著本『土木工事現場の上手な運営法』を読んで私の名前を知っているとのことで、すぐに採用になり、毎月1回2年に渡り執筆しました。それをまとめた本『積算の落とし穴』（日経コンストラクション編）が日経BP社から出版されています。連載中、私のコラムは現場に即した内容が多く参考になるので、とくに地方の公務員やコンサンの方がたから、継続して書いて欲しいとの要望があったとのことですが、残念ながらネタ切れで、2年間しか連載できませんでした。

私のライフワークは、多くの人に読んでもらえる本の執筆です。自分が出したいとの思いだけの本ではなく、普通の市民の方がたが読んで参考になったと言われる本を書いていきたい。骨格は実体験が反映できる内容で構成し、その趣旨に賛同する人も一緒に執筆していただけるような企画を考えていきたい。実際、２０１９年共著で出版した『前立腺がん患者が放射線治療法を選択した理由』（日本地域社会研究所）は重版となり、アマゾン売れ筋ランキングの「放射線・核医学部門」で5回1位をとっています。この経験を生かし、今後も重版になるような本を、世に出していきたいと思っています。

コンピュータは、最高だぁ〜！

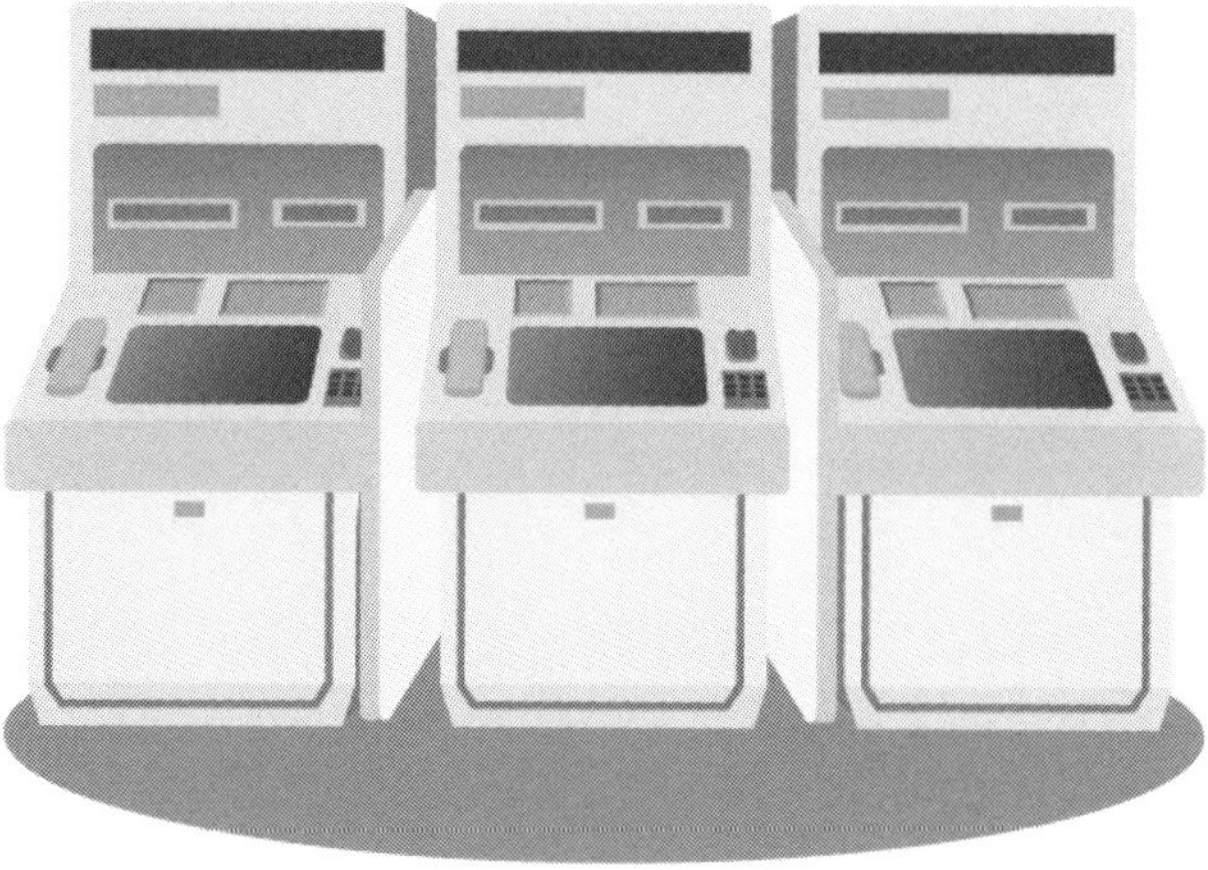

木下勝栄

はじめに

今考えると、私は小さい頃から、電気器具や機械物が好きだったようです。たとえば中学生の頃、その当時、まだまだ少ない自動車のうち、ドアが観音開きのトヨペットクラウンを好きになりました。１９５０〜１９６０年代の頃ですので、車の品質は現在とは比較にならないくらい低いものでした。

今では考えられないエンスト（エンジンストップ）が起こると、クランク棒をバンパーの真ん中に空いている穴に通し、クランクシャフトを人力で回してエンジンをかけていた頃の話です。だからこそ人間臭さがあり魅力を感じるものでした。

自動車のハードウェアとしてのメカニズムに興味を抱くとともに、ソフトウェアとしての運転ノウハウについても大いなる興味をもったものです。

関係する図書を買い、勉強机を運転席に見立てて、クラッチを切ってシフトギアをローに入れ、アクセルを踏みながらクラッチを繋いでいくといったエアー運転をしていました。

楽しかったですね。机の前の壁が道路に見えたものです。

また、家庭電器にも興味があり、趣味の一環として、民間資格の「家庭電器修理技師」を取得するほど、どちらかというと理科系が本来の性格に合っていたのかも知れません。

自分はなぜか文科系の道へ

さて、自動車や家庭電器の話がメインではありません。

理科系の勉強が好きだったのに、なぜか文科系への道を進むことになりました。

大学も文科系を選んで、就職先の職種もそのまま文科系へ、何の迷いもなく進みました。

仕事と趣味は別なのだという考え方だったのでしょうか、今となってはわかりません。

しかし、意に沿わない仕事は続くものではありません。いつか本性が目を覚ますものです。

文科系の職種を4〜5年続けた後、社内試験を受け職種転換を図りました。

つまり、それまで担当していた文科系の職種に発展性、将来性がないことに気づいたことと、ちょうどその頃、日本にコンピュータが持ち込まれ始めたことから、これからはコンピュータ時代の幕開けだと強く感じたわけです。

いわゆるIBMやハネウェルのコンピュータに、かつてのトヨペットクラウンを重ねることで、自分のエンジンは大きく回転し始めたのです。

社内試験を受験する以前に結婚していたので、どうしても職種転換して将来に繋げたいという強い意思が、大きく背中を押したものと思います。その思いが通じ、コンピュータ部門への職種転換ができました。

日本のコンピュータ時代のスタート

１９７０年代における日本のコンピュータ世界は、始めの頃はＩＢＭ社やハネウェル社といったメーカの汎用機しかありませんでした。

その後、日本の富士通、日立、日本電気などが、外国のメーカと歩調を合わせながら自社ブランドで汎用機を製作するようになり、金融機関のシステムに使われ始めました。

汎用機といっても、現在のパソコンのメモリ容量と比較にならないくらい小容量で、５１２キロバイト程度だったと記憶しています。現在のパソコンは内部メモリで数ギガバイト、外部メモリは数テラバイトの容量ですので、何と少なかったことでしょう。

【情報の単位】

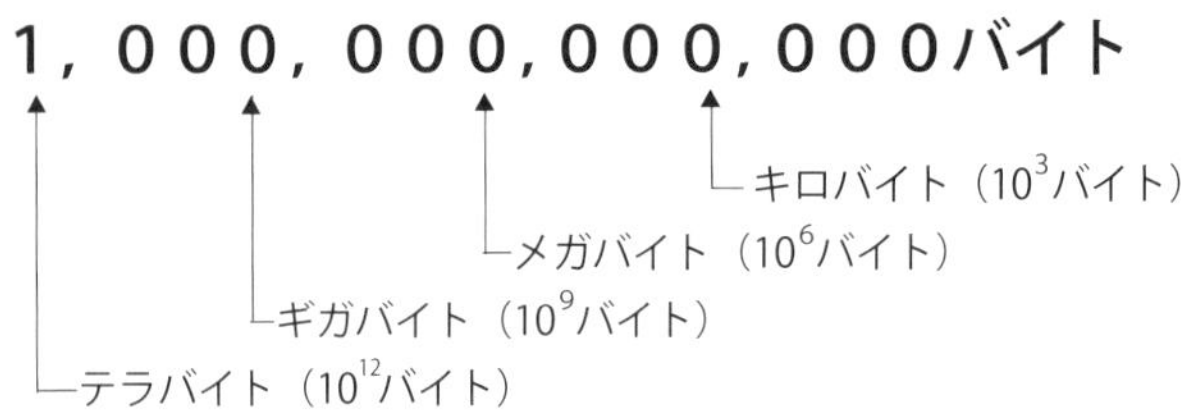

※コンピュータは2進数で動きますので、2の10乗(1,024)を単位として計算します。したがって、1,024バイトを1キロバイトとみなしますので、10進数とは24の誤差があります。

容量は少ないけど、大きさは2トントラックくらいで発熱も大きかったと記憶しています。こんな大型汎用コンピュータで、オンラインシステムを構成していたのですから、今思えば素晴らしいテクノロジーでした。

もちろんパソコンはまだ存在しておりません。

１９７０年代の後半に出始めましたが、現在のパーソナルコンピュータ（パソコン）とは形も機能もまったく違って、裸の電卓のようなものでした。確かマイクロコンピュータ（マイコン）と呼んでいたと思います。簡単なプログラムを機械語で組んで計算していたのを、ある技術者から見せていただいた記憶があります。

その技術者は、誕生したお嬢さんの名前を、マイコンにちなんで舞子（マイコ）と付けたので、よく覚えています。

日本でいわゆるパソコンを初めて出荷したのは、日本電気の「PC-8001」でした。

その後、「PC-9801」(ディスクトップパソコン)が売り出され、「キュウハチ」というニックネームでヒット商品になっていきました。

コンピュータや情報処理の知識をどうやって獲得したか

このように日本は、1970年代にコンピュータ時代へとスタートを切ったわけですので、ハードウェア、ソフトウェアの知識を教えてくれる講師自体も少なかったのは仕方のないことでした。

こんな環境のなか、職種転換先の情報処理部門では、集中して6カ月間、合宿形式の研修を行なっていただけました。

まさに土日もなく昼夜もなく、わずかばかりの睡眠時間と食事時間のほかは勉強の連続でした。コンピュータの時間当たりの使用費用は、人件費とは比較にならないほど高額でしたので、1分1秒を無駄にはできなかったのです。

家に帰るのは、月に1回程度、日曜日の朝に帰り、夕方に研修に戻るような生活で、家族には迷惑のかけっぱなしでした。とくに当時の社会は、男は外で働き、女性は家庭を守るのが当たり前だったとはいえ、一人で4歳の息子と1歳の娘の子育てをした妻はもちろん、可愛いい盛り、遊び盛り、知恵のつき盛りの息子に淋しい思いをさせて、今でも感謝の気持ちでいっぱいです。

学んだ情報処理知識を覚えている範囲で記述すると、コンピューターサイエンス、確率と統計、コンピューターアーキテクチャ、データ伝送、オペレーティングシステム、プログラミング言語、オンライン・リアルタイム・システムの設計、回線端末設計、信頼性設計、ファイル設計、データ・ベース、待ち行列理論、応用シミュレーション技術、プロジェクト計画と管理、システム分析、システム設計する業務知識、オペレーションズ・リサーチ、集大成としての卒業論文の作成など、まだまだ記載しきれないほどの勉強でした。

今まで文科系の勉強しかしてこなかった私は、これらの勉強は極めて難しかったけど、新鮮でワクワク感がずーっと続いて、一歩一歩前へ進んでいることが真から感じることができて、非常に面白かったです。

日本語で書かれた書籍も少なく、洋書をみんなで翻訳して持ち寄って議論もしました。

私にとって、最もバイブルとなった書籍は以下の２冊でした。

①『オペレーションズ・システム』マサチューセッツ工科大学教授　マドニック／ドノバン著
京都大学情報工学科助教授　池田克夫訳

②『リアルタイム』ジェームス・マーチン著　北原安定訳

どちらもアンダーラインを隈なく引くほど読んでいて、今も捨てられない2冊です。

これらの2冊は、その当時、情報処理の勉強をされた方は記憶に残っていらっしゃるのではないでしょうか。

講師陣も、各コンピューターメーカの研究者や技術者、大学の教授や助教授、企業の役職者や研究者、官公庁の役職者、もちろん社内の先駆者など多岐にわたっていました。

ビジネスモデルの具現化

さて、私の人生で最も輝いたことは、この研修の卒業論文が商用化されたということです。

当時はその部門のドル箱だったと記憶しており、今でも全利益の一端を担っております。

コンピュータ化するということは、不便だったことを便利にするとか、面倒臭かったものを簡単にするとか、人件費の減少化、ヒューマンエラーの撲滅化に寄与するといったことです。

そこで卒業論文は、これらを満足するものを社会の中から探すことから始まりました。兄が金融機関にいましたので、実務の中で困っていることはないかと相談しました。

飲みながらの会話ではありましたが、兄からの具体的な話にシステム構築の概要が頭に描くことができ、次第に目が輝いて、ワクワクする気持ちになっていったことを今でも覚えています。

外部からある口座へ振り込みがあった場合、その口座の方へ「誰それから、いつ、いくらの金額が振り込まれましたよ」という電話連絡を毎日、相当の件数行なっていて、かなりの稼働がかかっているとの話を聞きました。私は「これだぁ！」と直感しました。

近未来にはきっと、人が行なっているこれらの作業を機械化できるものと判断し、技術的な研究を始めました。

当時の時代背景としては、ディジタル化社会への道に一歩踏み出した頃といっても過言ではありませんでした。たとえば、電話機は指で相手の電話番号の数字をグルグル回して接続していたものが、数字のボタンをピッポッパと押して接続するものが世の中に出てきたところでした。それを「プッシュホン」と呼んでいました。

そのプッシュホンを利用したデータ通信サービスは、数値計算サービス、国鉄座席予約サービス、日本中央競馬会、サンリオなどがありましたが、せっかくディジタルデータを入力できる機能がありながら、サービス数は少なかったのです。

そこで私は、プッシュホンを利用したシステム開発と、銀行業務に内在する問題点および適用サービスとの接点を為替業務におき、ニーズの可能性がある処理について、その最良なシステム形態の検討とシステムモデル設計をとおして、サービス化した場合の利点と問題点を探ってみることにしました。

為替取引には、本支店為替と他行為替があります。

また、為替取引を行なう事務の流れの方向により、債務者から債権者へ向いている順為替と、債権者から債務者へ向いている逆為替があります。前者に属するのが送金あるいは振り込みであり、後者に属するのが代金取り立てです。

顧客側から見て振り込み元を例にとると、為替取引を行なう際には、窓口へ出向き、普通預金などからの出金処理をしたあとに、振り込み処理を行なうという2オペレーションの必要があります。

普通科目、為替科目の科目間をシームレスに連動処理できることが、まさにコンピュータシステムの醍醐味であるはずです。さらに顧客がプッシュホンを利用することで窓口へ出向く必要もなくなるわけです。

振り込み先から見ると、普通預金などの口座へ振り入れする処理と受取人への入金通知を自動化して連動処理することができます。

これらのことから、事務の合理化、迅速化、コスト低減化、信頼性向上、顧客サービスの向上、サービス時間の拡大などを図ることができると判断しました。

モデルシステムの設計

為替振込業務、入金通知業務、残高照会業務、取引内容照会業務の自動化について、最適なシステム形態としたモデルのシステム設計を行ないました。

研修の卒業論文ですが、ただの論文よりシステム設計書としてまとめたほうが、システムエンジニアとして妥当だと考えました。

最も苦労したことは、入金通知業務で、機械が人の言葉を発することができるかどうかという点です。

Ｎｅｔ環境がない時代でしたので、いろいろな研究機関に出向き、足で情報を集めました。そうしたうちに、まさに研究中の装置があったのです。ＮＨＫのアナウンサーの声を、「あ」、「い」、「う」といった一語を収録しておいて、出力する際に、一語一語を繋げて文にする音声応答装置です。一語一語繋げるだけですので、スムーズな日本語にはまだほど遠かったと記憶しています。

その音声応答装置に自動呼出装置を付加して、セキュリティ対策をプログラムで行なえば、システム化可能と判断し、モデル設計を継続しました。

コンピュータは、最高だぁ〜！

ここでは、設計内容の詳細は省略しますが、卒業論文発表会では、外部からも専門家をお呼びして、緊張のなかにも無事発表することができました。

本資料を執筆している今、改めて関係者の方がたに感謝とお礼を申し上げます。

システム設計書の1ページを紹介しますが、当時はパソコンもなく、すべて手書きでしたので見えにくいところはご容赦願います。

その後しばらくして、ある組織から、システム設計書の内容をもう少し詳しく説明して欲しいとの要求を受け、説明の代償として3千円の図書券をいただいたものです。

そして、音声応答装置も商用化されて、システムそのものも商用化されました。

現在も、このシステム設計書の内容をベースにし、さらに進化したシステムとして運用されています。

ただ、当時は法制上の課題がありました。内国為替運営機構の定める「内国為替取扱規則」の改定が必要だったのです。

また、いろいろなシステムとネットワークを組む必要があることから、自行、他行、全銀センターとのネットワーク構成の課題、セキュリティのさらなる強化の課題などが残っておりました。

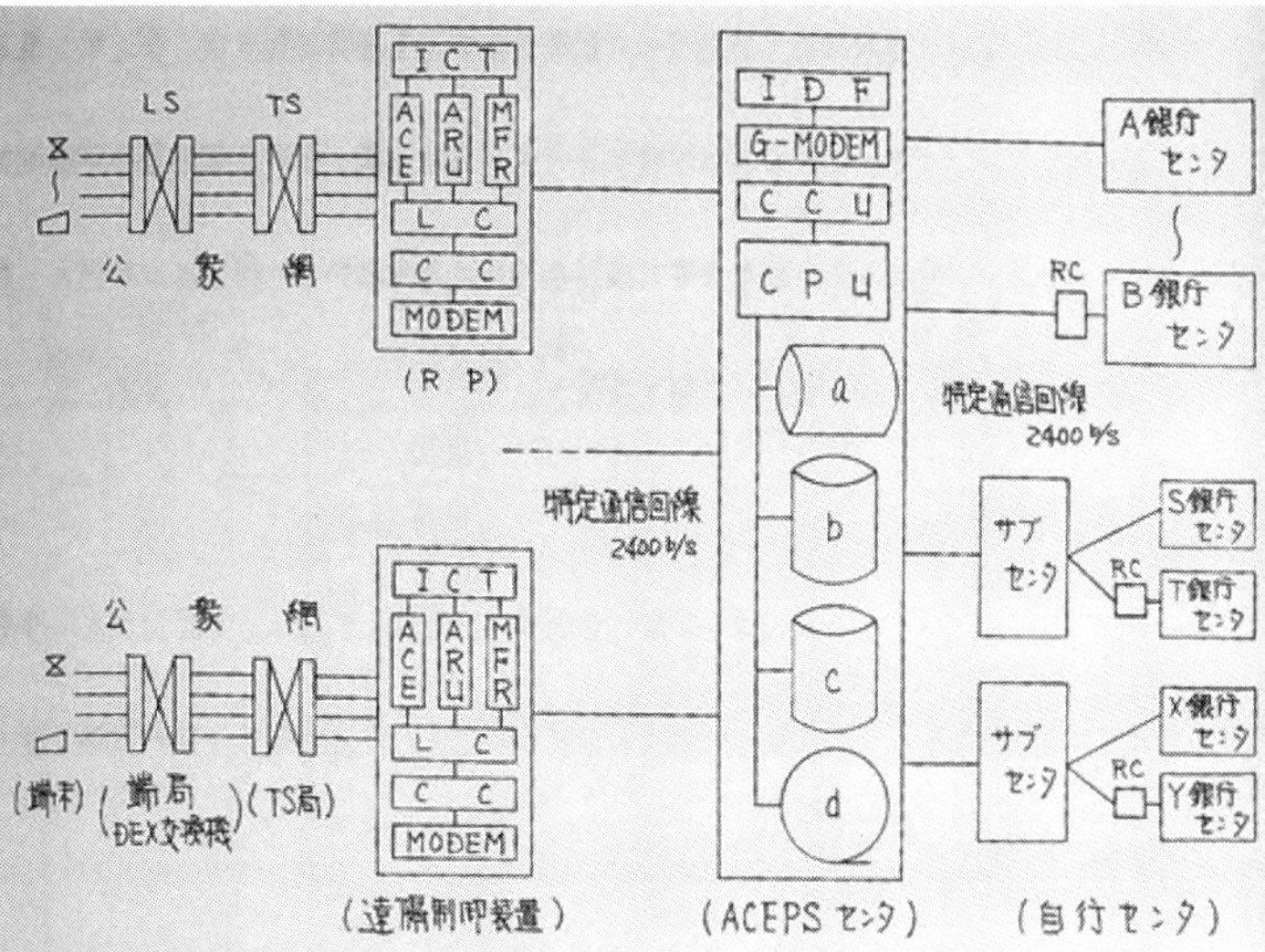

ICT：着信トランク　　a：コミュニケーションバッファ
MFR：多周波受信機　　b：顧客ファイル
ARU：音声応答装置　　c：取引履歴ファイル
ACE：自動呼出装置　　d：ジャーナル
L C：低速通信制御装置　　RC：中継コンピュータ
C C：中央制御装置

図3－1　システム構成概要図

3．3　処理概要

3．3．1　業務処理の種類

(1)　振込業務

電話局営業部門からのサービスオーダーによる端局への登録と，銀行端末からACEF

しかし、それらをクリアして、現在、商用化されているということは、私にとって一生の宝物です。

日本のコンピュータ時代スタートまもなくの頃、兄への相談から得たアイデアと、コンピュータによるシステム構築化のコラボレーションが社会の貢献に大いに役立ち、さらなるディジタル化を推進したことについて誇らしく思います。

システムトラブルの体験

バンキングシステムのサービス追加といえるシステム設計をしたとはいえ、このシステムに携わることなく、研修前のバンキングシステムへ戻りました。

日本のコンピュータ化は、各銀行がこぞってシステム化していき、これらのバンキングシステムが機関車となって、ディジタル化社会への道筋をつけたといっても過言ではありません。

コンピュータルームは、体育館のような大部屋に、中央演算処理装置、磁気ディスク装置、磁気ドラム装置、磁気テープ装置、通信制御装置などを収容しており、各装置の発熱を下げるために冷房をガンガンに利かしていました。

また、装置がエラーを起こすことを防止するため、ルーム内は決して走らないよう注意していたものです。今では考えにくい環境で作業していたものです。

もちろん、設計そのものは通常の事務室で行ないますが、デバッグというコンピュータを使う作業はコンピュータルームへ入らなければなりません。火照った体でも30分もいられないほどの冷房でした。人間よりコンピュータが大事という時代だったのです。

ある日、ファイル破壊というシステムトラブルが発生したことがあったのですが、お客様はじめ、ハードウェア技術者、ソフトウェア技術者、通信系技術者、メーカ技術者など数百名が原因探索、ファイルリカバリ、リカバリ結果検証を行ないました。

ファイル破壊は、顧客情報そのものですので、大きな復旧プロジェクト体制をとったものです。

私は、トラブル復旧のために、３日間不眠不休の作業でした。

３日間寝ないと、身体に震えが発生してきます。声まで震え声になったことを記憶しています。

したがって、システムの二重化対策などの信頼性向上、システム試験の緻密さ拡大とシステム評価の厳格化などに時間とコストをかけるべき、と考えます。それでも人間のやることにはどこかに穴が生じますので、チェックする人間も多重化する必要があるのです。

現在でも、ときたまシステムトラブルが発生した企業はニュースとなり、原因や復旧見込みなど説明するとともに、幹部が謝罪する姿を見かけます。

どんなシステムでも、システムトラブルは社会的に非常に大きな問題に発展します。

大規模システム開発の体験

バンキングシステム開発の経験後、私がモデル設計を行なって、その後、商用化されたシステム担当へ行きたかったのですが、それはできませんでした。

後で聞いた話ですが、「あいつは、中小のシステムより大規模システム開発が向いているだろう」と、ある人が希望を認めなかったと聞きました。

私は「とんでもない、元々は文科系の人間がそんな大規模システムなんて開発できるわけないじゃん！」と憤慨していましたが、サラリーマンの儚さで、いつの間にかどっぷりとそのシステム開発にのめり込んでいきました。

この大規模システムのあるプロジェクトに参加していたときは、午前1時頃退社し、タクシーで自宅へ帰ってお風呂に入り、ちょっと横になって、朝6時には出勤したという日が連続したこともありました。深夜の個人タクシードライバーからすっかり覚えられ、ちょっとの間の睡眠時間が取れたのはありがたかったです。

体力的に辛い一時期もありましたが、大規模システム開発の醍醐味があって、面白く楽しい時期でした。

開発メンバ数も膨大であることから、人脈ができたことは大きな財産となりましたが、人数が多いと、どの組織でも人間関係がスムーズでなくなる場合が少なくないと思います。

このシステムでも案の定、プライドだけが高い人、口ばかりの人、大声で喚けばいいと思っている人などとの混在チームとなり、仕事を進めるに当たって苦労したこともありました。しかし今思えば、人間関係をうまくこなす方法のいい勉強になりました。

この後、あるプロジェクトの終了を機会に、別の道へ行って来いとの命を受けました。一度、地方を経験して来いという意味合いだと思います。

社員育成の道へ

新入社員の育成はじめ、広く社員育成を担当することになったのです。

人に教えるということは、教える時間の数倍勉強しなければなりません。

コンピュータ時代のスタート時期に勉強した内容は、原理原則論が多かったのですが、この頃は、もっと具体化した内容を伝える必要がありました。そうしないと社員から受け入れられないからです。

したがって、論理的に勉強し、自ら教材を作成し、ときには市販本を利用し、プレゼンテーションを行ないました。

緻密で泥臭いシステム開発の現場より、自分のペースが活かされるので、厳しくも楽しい経験をさせていただきました。

5年間在勤しましたが、当時の新入社員の幾人とは、今でも交流があり、人脈形成に役立っております。

ただ、該当する教科は、自分一人しか担当がいないことから、病気や怪我で授業に穴をあけるわけにはいきません。みんながそうでした。

私は自分自身の管理に甘いところがあったせいで、ある日、バイクツーリングへ行ったときに砂にタイヤを取られ横転しました。入院・手術をすっぽかし、松葉杖で満員電車通勤し、授業をこなしたことがありました。右膝の怪我で膝から下が腫れてきたので包帯でぐるぐる巻きにして休まず出勤したものです。バカだと思われがちですが、自分のプライドでした。

この怪我を自分で治すために、曲がらない膝をゆっくり曲げられるように、妻に連れられて温泉治療をしたものです。ちょうど日帰り温泉施設が出来始めの頃でした。

病院をすっぽかしたのですから、身から出た錆です。

一つのエピソードですが、人の育成とはそれだけ厳しい環境だということを分かっていただきたくて紹介しました。

5年後、元の職場に戻りました。

出向そして定年退職

元の職場に戻って間もなく、ある企業へ出向しました。もちろんシステム開発に関係する企業です。職種内容は、システム開発を支える基幹システム業務でした。

その後、定年退職となり、そのまま出向先企業に採用され、スタッフ系として採用、社員育成、経営企画を担当しました。

採用は、新規採用と中途採用がありますが、とくに新規採用は多人数を相手にすることから、しっかりとした統制を整えなければなりません。

パンフレット作成、プロモート動画の製作、採用スケジュールの作成、各大学への挨拶、学生募集、会社説明会の実施、評価基準の作成、筆記試験の実施、面接マニュアルの作成と研修、内定学生の引き留め、内定式の実施、事前研修など、ざっと羅列しても書ききれないくらいの作業がありますので、最初から統制を継続することが重要なのです。

そして無事、入社式を終えて、即、社員育成の実施に一気通貫で流れていきます。若い学生との腹を割ったコミュニケーションは楽しいひとときでした。

その後、会社の将来を見据えた企画設定と、中堅社員の動機づけを目的として、経営企画プロジェクトを新規に立ち上げ、全社員を巻き込んだ検討会を運営しました。

また、今までの会社の悪い部分を抽出し、どうしてそうなったのか原因を追究し、対策案を企画し、実施に移す企画案を提起し、会社の将来像を描いて行動しました。

このプロジェクトで私は、イジメに遭いました。集団からのイジメではなく、個人からのイジメでした。

その原因は、部下が徹夜で作業した翌日、その個人から飲みに行こうと誘われたのですが、私が部下をかばって身体を休めるよう帰宅を促したことではないかと推察しています。

その個人から言えば、「俺が誘っているのに、断るとは何事だ！」ということではないかと思います。

徹夜の社員を労うためのお誘いなのかもしれませんが、私は飲み会より部下の身体を休めることを優先したわけです。

このイジメは、この企業との契約が終了するまで、良くなったり悪くなったりしながらも続きました。機嫌をみながらビジネスを進めることは精神的に大きな負担を感じていましたが、今考えれば精神強化のいい機会だったのではないかと思っています。

いずれにせよ、企業経営の神髄ともいえる仕事を進めながら勉強できたことは、この上ない喜びであり、幸福を感じています。

再び仕事へ

すべての企業から縁が切れて1年後、ある企業のトップから、手伝って欲しいとのオファーをいただきました。一旦お断りしたものの、どうしてもということと、その企業が、当時、治療に通っていた病院に近いということもあって、お受けすることとしました。

職種は、その企業が増員する目的を手伝うということで、採用担当です。

その企業のプロパー社員に採用のノウハウを、作業を通じながら教えることが私のミッションでした。

先に記述した採用に関わる作業を新規に作成するとともに、実作業をプロパー社員と一緒に行なうことで、採用精度を上げていきました。

2クール、つまり2年間で採用ノウハウのすべてを伝達し、契約終了をもって退職しました。

おわりに

日本におけるコンピュータ時代のスタートダッシュの時期と、高度経済成長時期が車の両輪となって、社会環境をつくりながら進んでまいりました。

われわれ団塊世代は、このような社会において、「企業戦士」だの「会社人間」だの「猛烈社員」などと呼ばれ、「24時間闘えますか」のCMに踊らされ、まさに必死に生きてまいりました。

家族の支え、家族の笑顔があったからこそ、頑張ることができたと確信しています。

肉体的、精神的にゆとりがないなかでも、たまのドライブやバイクツーリング、リハビリを兼ねた温泉巡り、オーディオなどでリフレッシュしながら生きてきたわけですが、ゆとりがなくても、お金をいただきながらの仕事をとおして、人一倍いろいろな勉強ができたことは、最も効率のよい知識獲得だったと感謝しています。

コンピュータ時代の幕開けとともに一緒に走ってきた私の青春。大げさにいえば、自分や家族をある意味で犠牲にしながら、その青春を社会の発展のために捧げてきたといっても過言ではありません。

コンピュータは私の人生にとって、最高の友だちでした。

そして今は、パソコンが一番の友だちです。

コンピュータは、最高だぁ〜！

最後に、今回この執筆の機会をいただいた関係各位に心から感謝申し上げます。

私が輝いていた人生体験

小林尚衛

趣味編

1つめのエピソード　自分の体力の限界を知る

30年ほど前、飛行機の整備士として働いていた私が10日間の休暇で仲間と北京を訪れたときのことです。先輩2人が北京と上海に転勤していたので激励の意味もありました。

思いつきで企画した会社のサイクリング部の海外ツアー、「北京〜上海　十日間ツーリング」の出発日は、ちょうど天安門事件の前年5月で、空は快晴でした。広場には人の姿がほとんど見られず、今、ときどき映像で見るよりかなり広かった気がします。

会社の北京支店前に、部員仲間7名、通訳2名、マイクロバス運転手1名の総勢10名が集結。皆の荷物を積んだマイクロバスを伴走車として上海に向かう計画です。スタート前には、中国の新聞社と日本の新聞社から取材を受け、支店のスタッフに見送られ、午前10時に本日のゴールである天津に向かいペダルをこぎ出しました。

初日ということもあり皆の足は軽く、車道には車も少なく、まるで自転車レースのように9台が1列のまま自転車専用道路のごとく快適に距離を稼ぎ、順調に100キロの距離を完走できました。

毎日100キロから150キロの距離を昼食時間を挟んで6~7時間走り、毎晩ゴールしたホテルで祝杯をあげ、部屋に戻ってはパンクしたタイヤの修理をして過ごしていました。

3日目以降から少しずつ仲間に異変が起き始めてきました。

初めの異変は、私の前を走っていた一人が、ゴール地点20キロ手前から、自転車の軌跡が蛇行しだしたのです。後ろから「ブレーキ……」という声をかけても反応できずに転倒し、転んだショックでようやくわれに返るという感じでした。この辺から仲間に疲労が蓄積された様子で、夕食時間で交わす言葉も減ってきた感じでした。

自分はというと、3日目の済南に向かった日の出来事でした。ゴールはできたのですが、左足首に痛みを感じるとともに腫れがひどく、歩くのが厳しい状況でした。そのときは中国の針治療を思いつき、針治療を受けようと通訳を通じてホテルに確認しました。治療を受ける患者が多く、2時間待てば診察できるとのことでした。夕食の時間ではありましたが診療所で待つことにしました。すると医者の助手らしき人が現われ、気功を勧めるので針治療を諦め、その待合室で気功による処置を20分間くらい受けました。彼は治療後に「患部を触るな」と一言だけ言いました。半信半疑で皆との夕食の席に戻り、仲間といつものように過ごしました。夕食の後、痛みはなくなっていましたが、腫れはまったく引きませんでした。

翌朝、足が腫れている状態でペダルをこぎ始めました。痛みが心配でしたが、スピードを抑えながらゴールに向かい走り続けました。途中の昼休憩のとき、仲間の中に同じ経験をした人がいたので、いろいろと話を聞くと、湿布をしても痛みと腫れが治まらず4日間くらいはそのままの状態だったということでした。残りの日数を考えると先が暗くなりましたが、前向きに気功の力を信じて走り続けました。ただ、ペダルをこいでいる間は、まったく痛みを感じることはありませんでした。

ゴールして足首を見ると、いつの間にか普通の状態に戻っていました。

気功というものの凄さをこのとき実感したので、帰国後、その威力を調べてみようと、すぐに図書館で本を探し、気功や中国に関することを調べました。たまたま同じころ地元で気功講習会があったのでこれに参加し、「自分から気を発する」体験をすることができました。これらのことを通じて、「若さゆえ体力を過信するなかれ」「気のエネルギーは偉大である」を学んだ気がしました。

2つめのエピソード　紀元前の樹木との対面

話は「北京~上海　十日間ツーリング」のことに戻ります。北京から約700キロで孔子の生地として知られる曲埠(きょくふ)に着きます。たまたま儒教と孔子のことは知っていたので、ゴールに着くや否や孔子廟を訪ねましたが、残念ながらタッチの差で孔子廟は閉館していました。それでも孔子廟の近くで見た光景は私に紀元前の世界を想像させるには十分でした。魯の時代に築かれた重厚な城壁、整然と並ぶ樹齢を重ねた樹々。このタイムスリップしたような情景は今でも忘れられません。

宿泊したホテルの玄関には、『論語』で有名な「朋有り遠方より来る、また楽しからずや」の漢文が掲げてありました。

ちなみに、私はこの『論語』の一節が大好きで、今でもあのフレーズを思い出しながら、仲間と研鑽する日々を過ごしています。

翌朝、ホテルの食事会場では、多くの西洋人が洋食を食べていましたが、アジア人であるわれわれは別の部屋に通され、中国朝食（粥の朝食）を用意されました。この時代に多くの外国人観光客を一カ所で見たのは初めてでした。ツアー中は、曲埠以外でこの光景はありませんでした。儒教の聖地パワーの凄さを感じた瞬間でした。

3つめのエピソード　通訳から言われた言葉

ツアー後半7日目の午後の出来事です。

9人縦列状態で快調に飛ばしていました。団体で長時間走っていると、先頭のスピードに対して自分のスピードが早くなったり、遅くなったりしてペースが保てないため、20キロごとに交代で先頭を変えていました。しかし、時間が経つにつれ筋肉の疲労度が蓄積し、私は皆のペースに追いつかなくなり、しまいには私の後輪がパンクして走れなくなりました。大声して呼びましたが誰も気づいてくれませんでした。

この7日間で8回パンクを経験しています。このときが最悪のタイミングだったと記憶しています。でも一本道なので、そのうち誰かが気がついて迎えにくるだろうと思い、ゆっくりと歩き始めました。

しばらくすると、荷台に何も積んでいないトラクターが同じ方向に走ってきたので、身振り手振りで何とかヒッチハイクして、皆の後を追いました。その後、10分くらい経ったころ、伴走のマイクロバスがやってきて無事に合流することができました。通訳が降りてくるなり一言、こう言いました。「小林さん、どこでも住めますね」。これからの人生において、海外のどこに転勤しても大丈夫と思いました。

しかし、こうした願いも叶わなかったので方針転換し、国内にいながら外国の文化を体験しようと、外国人のホームステイを受け入れるサークルに加入することにしたのです。今までに30家族くらいは受け入れたでしょうか。1家族3日から1週間くらいの期間、一緒に生活することで、それぞれの国の考え方や、習慣を学ぶことができました。この経験で子どもたちは留学したいという気持ちが自然と育ち、このときに中学生と小学生だった2人は、その後、アメリカにホームステイしたり、留学生活を送ったりして、現地でいろいろな経験をすることができました。私から子どもたちへよいプレゼントができたと思っています。

4つめのエピソード　南京大橋の秘密

ツアー終盤、南京市内にかかる大きな上下2段の南京大橋を渡りました。上段は車両通行帯、下段は列車用です。また橋の両入口には大きな彫像が1体ずつ置かれていました。南京市入口側は毛沢東、出口側は蔣介石の像でした。まさに中国の歴史を物語っている気がしました。

南京というと、日本人に対する悪いイメージがあるのではと心配しましたが、そのようなことを感じることはありませんでした。そして無事に南京から次の地点に向かいました。

5つめのエピソード　国際電話

最終日前、蘇州のホテルから福岡にいる家族に国際電話をかけようとしたところ、2時間待ってくれと言われたので、ロビーでお酒を飲みながらスタンバイすることに。酔いもまわったころ、ようやく呼ばれて電話をすると、受話器からは常時プツ、プツという音がして気になり、音の明瞭度も低く、相手をやっと認識できる程度でした。当時は海底ケーブルが3回線しかなかったことを考えると、現在の通話品質、回線数においての通信技術の進歩をまざまざと実感させられる体験でした。

30年間の通信技術の進化は驚嘆に値します。現在はノーベル物理学賞を受賞した博士の技術を改良したFT8というデジタルモードを使えば、小さな電力でも海外と交信できますし、インターネット回線を利用した通信も手軽にできるようになっています。実は、私は学生時代からアマチュア無線を使っての交信に憧れていて、とくに電離層の反射を使って行なうHF通信に興味をもっていました。今、新旧の技術をデジタルで繋ぐ楽しみを経験しようとチャレンジしているところです。

全体　30年前の中国の交通

30年前の中国の道は、ほとんど車が走行しておらず、われわれにとっては自転車専用道路のようであり、快適なツーリングでした。ただ、当時はナンバープレートによっては省を越県することができず、上海まで移動する間にマイクロバスを3回入れ替えていました。ガソリンの補給時も運転手以外は乗車禁止なので、ガソリンスタンドの手前で降車させられ、給油後に再度乗り込むという面倒なこともありました。

あれから30年。交通量しかり、システムしかり。GDPが世界第2位の現在、どんな変貌を遂げているのか、今度は車でもう一度、同じ道をたどってみたくなりました。

仕事編

アナログ飛行機からデジタル飛行機へ

自分が関わり整備したBoeingの飛行機は、アナログ時代を代表するB727、B737―400、B747、DC―8、DC―10型から、B767、B737NGに代表されるアナログからデジタルへの過渡期で両方の技術が融合されたデジタル×アナログ型、そして今のB744、B777、MD11、B787（退社していました）のデジタル型へと進歩してきました。個人的には、最後にエアバス社のA320（デジタル機）も少し関わりました。

われわれ同年代の整備士は、最初にアナログ型の飛行機で基本技術を学び、次世代機でアナログからデジタルへの変換を学んで、最後にデジタル技術としてのデジタル機を学ぶというステップを踏んで、基礎的な知識を積み重ねてきました。そのため、たとえ航空機に故障があっても、今までの経験を活かすことで対処することができました。これに比べ、デジタルの飛行機から学んだ最近の整備士は、基礎の原理に対する知識・経験が少ないのは事実ですが、逆にコンピュータが進化したため、故障しても整備用のコンピュータを使い、このPC作業指示に従うことで整備を完了させることができてしまいます。現在は、この方法で安全に飛べる状態にすることができる機種が増えてきています。

エピソードその1　一吹きで整備完了

ところで、航空機の整備は発着整備（ライン整備）と点検整備（重整備）の2つに大きく分けることができます。このエピソードは、およそ1年に1回、格納庫にて行なわれる、車でいうと「車検」に相当する点検整備での出来事です。

忘れもしない一番の思い出があります。何でも「初」は重要であり、皆が注目しています。格納庫でB747―400の初号機の初回重点検整備の最終日、電気的な故障が発生し、このままでは予定している当日夕刻のフライトに間に合わなくなるという連絡が入り、当日勤務のなかでデジタル技術に詳しかった私に白羽の矢が立ちました。ただ、この飛行機でのこの種の故障は経験もなく不安もありましたが、基本的なセオリーでやろうと決め、格納庫に向かいました。

故障状況としては、あるシステムのコンピュータがエラーメッセージを出しているという状況で、「コンピュータを交換しても直らない」との申し継ぎでした。

いろいろと故障の原因を探求していくと、信号ライン（電線）に問題があることが判明し、詳しく配線図を使ってラインを調べると、電線の接続部分（飛行機の多くのコンピュータが設置してある場所の裏側）に異常があることがわかりました。しかし、その部分は1・8メートル×4メートルの範囲がすべて剣山で埋められており、それぞれの剣山のピン1本に4本くらいずつ電線が巻いてあります。目で確認してもわかりにくいし、何よりも格納庫から試運転場に移動する時刻も押していました。

そこで、最後の手段として、大きく息を吸い、一気に目指すピンに向け一吹きしました。「神様お願いします」と祈りながら、問題のあったラインを測定してみると、故障が直って正常な状態に戻っていました。多分、機体製造時の金属のゴミのようなものが配線に付着しており、それが吹き飛んだことで、正常に戻ったのだと想像します。

それから私の知る限り、その飛行機での同じ故障は聞いていません。この重整備は1年に1度の間隔で行なわれますが、その後も故障情報は聞かなかったので安心しました。もし、あのとき一吹きしなかったら、当日のフライトに大きな遅れが発生していたかもしれません。私の整備士としての人生の中で、あれから吹いて整備したことは、一度もありません。

エピソードその2　福岡ホノルル初便

羽田整備工場での重点検整備を終えたDC―10機が福岡に着陸し、1番スポットにブロックイン(前輪に滑り止めが設置されて、すべてのエンジンが停止した状態)。フェリーフライト(回航)のため乗客は搭乗しておらず、乗務員のみなので、すぐに羽田から連絡のあった故障復旧作業に取りかかりました。

DC―10機は操縦室の下側に主コンピュータ室があるので、専用の整備用ステップを設置します。出発時刻までの1時間30分弱しか整備に与えられた時間はありません。いつも時間に追われていますが、このときは特別でした。福岡発ホノルル初便を遅らせてはいけないプレッシャーと、さらにあと5件もある私の担当スキルの故障情報が、到着前に羽田整備工場からの連絡でわかっていたからです。

定刻までにすべての整備を完了させる自信はありませんでした。故障は自動操縦関連であり、国内線の短時間フライトならば問題ないのですが、長時間のフライトには支障をきたす内容でした。私も2カ月前までは、成田整備工場で重点検整備も担当していたので、あるケースが想像できました。もし、時間に追われて飛行機を飛ばしたのであれば、人為的な最終確認が甘かった可能性があります。私も急いでいるときは最後の確認が甘くなり、自らミスを招いて悔しい思いをしたことがありました。

点検整備では、限られた時間内で大きな改修作業があります。今回の改修は作業エリアが広範囲にわたり、ミスが誘発されると考えたので、私が成田で作業した改修と同じ内容だったこともあり、念のため、自分が作業した場所をもう一度、入念に確認しました。すると案の定、予想どおりの結果でした。数カ所の電気接続部品の取り付け状態を再接続すると、5件すべての故障が正常な状態に戻りました。

こうして予想よりも早く整備作業が完了し、飛行機は定刻に福岡空港からホノルルに向け、夕空に向かって離陸していきました。

茜色の中を離陸する銀色の機体は、何度見ても感激します。

エピソード3　タイ航空の副操縦士との出会い

福岡空港転勤前に、成田空港でタイ航空のハンドリング（発着整備を担当）をしていました。通常、われわれは直接、操縦室には行かないのですが、副操縦士が私の専門分野の内容で質問があるというので、操縦室に上がっていきました。当時、ようやくB747―400が就航し始めた時期なので、パイロットもわれわれ整備士も経験が少なく、学習しながらシステムを理解している時期でした。

このころから航法技術が進歩し、各エアラインで使用するソフトウェアーがわずかに異なっていました。副操縦士からの質問に答えながら（何を聞かれたかは記憶にありませんが）30分くらい説明をしていたと思います。そのときはそれで何もありませんでした。

私が福岡空港に転勤した後、仲間から「数日前に成田空港に着いたタイ航空の副操縦士がお前のことを探していたよ」と聞き、目頭が熱くなりました。私のことを覚えていてくれたのです。

外航機のハンドリングをしていると、このように乗務員から感謝される経験ができ、整備士でよかったと思ったことが数多くありました。仲間たちは、外航機に行くことをあまり楽しんでいませんでしたが、私は喜んで行き、外国人パイロットや整備士と友だちになり、言葉の勉強とともに、彼らのお国の文化を吸収していました。

エピソード4　福岡空港ガルーダ航空機事故

1996年7月1日、午後からの勤務を前に、家で早めの昼食をとっていたときです。正午のテレビニュースに、いきなりくすぶって白煙を上げている航空機の映像が現われ、字幕には「福岡空港」のテロップが表示されていました。これは大変なことになると思い、いつもより早く出社しました。

会社に着くと、予想どおりに控室は大変なことになっていました。空港は閉鎖され、事故現場では航空機用燃料が右側のタンクから流れ出ています。まずは燃料の流出を止めるために現場に向かいました。われわれは穴を塞ぐために、木材に布切れを巻き、それを数カ所ある開口部分にはめ込むことで、何とか燃料の流出を止めることができました。

事故機は、主翼の付け根の胴体部分が割れて中が見える状態で、前後が分断されつつ、後方部分が2番エンジンの重さでゆっくりと地面に近づいていきました。

この時点では、事故調はまだ到着せず、福岡県警の捜査1課が事故現場を調査していました（残念ながら3名の犠牲者が出てしまいました）。すると県警から「ボイスレコーダーを取ってきてくれ」との要請がありましたが、機体後部が地面に向かって動いており、危険が伴うので、さすがにお断りしました。彼らは事故調のメンバーが来る前にある程度、調査を進めたかったようでした。しばらくすると事故調のメンバーが到着し、調査に取りかかりました。事故調はわれわれとは関わらず、独自の調査を進めます。一方、警察はわれわれの協力を仰ぎながらの調査でした。飛行機の知識が少ないため、われわれの事務所からDC—10の訓練用資料を借用して読み込んでいきましたが、専門用語が多すぎて、その都度、われわれに説明を求めてきました。

航空機事故があると、いまだに警察が調査するのは、主要国では日本とイタリアくらいだと聞いています。実際に体験してみて、このシステムの不合理さをひしひしと感じました。

この日、たまたま福岡空港に赴任してきたカンタス航空の整備士が、事故現場を見たいというので連れて行くと、機体を見るなり、驚いた様子で私に言いました。「この機体は昨日、自分がリリースサインをした」と。これは、彼がこの機体の安全確認をしたという証拠（このサインがないとフライトすることができない）です。この日のガルーダ航空機は、私の同僚が担当し、このフライトの安全性を確認しました。その後、同僚は取り調べを受け、1泊収監されてしまいました。彼がこのガルーダ便担当にアサインされただけです。アサインは前日に責任者が行ないます（当時は確認整備士が毎フライト前に耐空性の安全確認を実施していました）。このガルーダ便を担当したのが、同僚でした。

また、このカンタス航空整備士が思いがけない行動をとったのが今でも忘れられません。それは、当時の大きめの携帯電話を使いながら長時間、自国に電話をかけていました。内容をはっきりと聞いたわけではありませんが、事故現場の実況放送を続けていました。私が彼を現場に連れて行ったので、印象深く、はっきりと覚えています。

翌日、福岡県警察のトップの方が現場を見たいということで私が案内担当をしました。この方は、前日、事故機のキャプテンが入院した病院で、彼に事故状況を尋ねた人でした。操縦室に入るといきなり「アクセルはどれか」と聞かれたので、「アクセルではなく、このレバーを前後させて推力を調整します」と言うと、驚いていました。

自動車での事故ではありません。つくづく「捜査は事故調に任せてください」と心で思いました。

エピソード5　福岡空港　外航機

福岡空港では外航機も積極的に担当したので、大韓航空整備士のキムさんや、カンタス航空整備士のダリルベンソンさんと友だちになり、いろいろな異文化交流を体験できました。

キムさんとは、たまたま機長の最終フライト（福岡からの釜山便）と重なり、担当した私も一緒に機内での写真撮影に参加させていただき、楽しいひとときを過ごせました。韓国の友人もできていたため、片言の韓国語を使いながら飛行機のハンドリングをして、キャプテンの笑いを誘発したこともありました。また、機内ではＣＡさんとも会話しながら仕事ができたので、韓国がとても身近に感じられた時代を過ごしました。私の覚えた韓国語は、韓国人から聞いた言葉なのですぐに使える実用語でした。

一方、カンタス航空のダリルとは仕事の休日に私の車で九州のスキー場に行き、そこで英語学習をするなど個人的な繋がりに発展しました。カンタス航空の福岡支店のパーティーにも部外者では私だけが招待され、楽しいひとときを過ごすことができました。

また、ダリルとは携帯電話を使ってタッグを組み、カンタス航空の技術部門と会話しながら仕事を完了させたこともありました。当時としては、現場と自国の技術部門でリアルタイムに連絡を取りながら作業すること自体、とても新しい試みでした。私がいた会社でも珍しいことだったので、カンタス航空はその方面は進んでいたと思います。

エピソード6　深夜の TAB C'K*

*総務省が行なう航空機に搭載される無線機の点検作業

これは、名古屋からグアムに向かう飛行機の操縦室でのことです。

当時は郵政省（現総務省）だったと思いますが、2年に1度、航空機に使われている無線設備が正常に作動するかどうかを検査する業務がありました。国内線では往復でデータを取ることができるので余裕がありますが、国際線はすべてのデータを片道でとらなければならず、かなりの緊張感を要します。検査員が機内に入り、パイロットの業務に支障が出ないようにタイミングを見計らって、無線機器の操作を依頼し、そのとき取得した関連データが許容範囲にあるかどうかを検査するのです。

当日は、ベテランのキャプテンとフライト経験の浅いコパイロット（副操縦士）の組み合わせでした。出発前の打ち合わせのときから、ちょっと大変な感じになりそうとの予感がありながら、夜の9時半ごろ、中部空港を離陸しました。

操作依頼は、巡航中におけるＶＨＦおよびＨＦ通信機器による電波の到達距離の測定が主で、他の項目は、私が後部から確認することで完了します。

深夜のフライトでは、操縦室はかなり暗い状態にしています。私の席は後ろ側ですが、スポットライトで手元の明るさを調整しながら書類にデータを記載します。ときどき、キャプテンがコパイロットに「ほら、後ろからリクエストされているよ」とか、私にも「もう少し暗くして」などと、少し嫌味な言い方をしていました。コパイロットが緊張しているのをその後ろ姿から読み取ることができました。フライト時間は4時間ほどでしたが、このフライトはとても長く感じられました。

グアムには深夜0時くらいに到着しました。季節は夏でした。私だけがスーツ姿なので、周りから異様な視線を感じながら入国したのが忘れられません。

ホテルに入ってからデータの整理を行ないました。問題なくデータが取れたことを確認し、明日の別便での検査書類を準備して床に就きました。

帰路は、昼間のフライトだったため、余計なプレッシャーもなく、普段どおり、落ち着いて検査を行なえました。関空に到着した後、名古屋までは新幹線で戻りました。

知研　福岡支部の立ち上げ

NPO法人知的生産の技術研究会（以下、知研）は、1969年に発刊された梅棹忠夫先生の著書『知的生産の技術』に触発され、１９７０年に設立された市民による勉強会です。さまざまなセミナーの実施、書籍の刊行、著者の育成などを行なっていて、現在、東京本部以外にも大阪、岡山、福岡などに支部があります。福岡支部の立ち上げに関わったことが、思い出深いことの一つです。支部で私は幹事を任されました。

知研の支部としては、当時、大阪支部が活発に活動しており、私もNiftyの会議室で参加していました。光回線などが普及していなかったため、電話回線を使い、21時過ぎぐらいからが主な通信時間帯でした。そこで仲間と交流を深めていました。当時、福岡には支部がありませんでした。そこで福岡の会員と皆で考え、九州地域活性化の一つとして地域人材の発掘ならびに本部との人材交流を図ろうと福岡支部を立ち上げました。

福岡支部初回セミナーでは、八木哲郎会長を講師として迎え、「知的生産の技術とは」をテーマにしました。メンバー集めにはとても苦労しました。当時はメールの利用者も少なく、往復はがきで出欠の連絡をとりました。登録された九州の会員も数名なので、何とか宣伝をしようと自分の友人も誘いましたが、まったく予定人数に足りません。

たまたま別の趣味で新聞記者の友だちがいたので取材記事として掲載をお願いしたところ、こちらの熱意が通じ、大きめの記事になり、当日は予想以上の人を集めることができました。

想定以上の反響があり、当日予約していた会場では入りきれず、その場で変更するほどセミナーは大盛況でした。二次会でも講演の余韻で会場に入りきれないほどの人が集まり、大変だったことが懐かしく思い出されます。

ところで、初回はよかったのですが、2回めからは講師を探すのにも一苦労でした。なるべく福岡県内ということで仲間を頼りに著名人に直談判してお願いし、会を催しました。北九州から参加の会員の一人にセミナーの文章を起こしていただき、知研で発行する機関誌「知研大学」に講演録として載せることができました。講師が見つからないときは、八木会長の計らいで九州地区に来られた講師に福岡経由で帰っていただくということで、2時間ぐらいの講演をお願いしたことがあります。

そこでとくに印象に残っているのは、シャーロック・ホームズ研究家の河村幹夫さんです。三菱商事のロンドン開設のために赴任され、その地に根づくために、シャーロック・ホームズ研究会に入会することで、地元に溶け込んだという話です。このなかでシャーロック・ホームズ研究会のメンバーの行動パターンが斬新であることがとても印象的でした。たとえば、小説に書かれた地点に集合し、記載された文章の内容が正しいかどうかを皆で検証するというものでした。その後、検証結果についてパブで語り合うそうです。

著名な方の苦労話に感心しつつ、教養の必要性をつくづく感じた瞬間でした。

講演会の後は、講師と少人数で会話ができ、普段は聞けないような話を聞き、講師の人間性に触れることで、その都度、自分を見つめることができました。会の前にも講師と一対一で話すことができ、私にとっては至福の時間でした。幹事の特権は素晴らしい。

――私が35歳から45歳くらいのころの出来事です。

がんとの闘いでわかった、あきらめずに生きるということ

齊藤　純

大層な題目になってしまいましたが、これは２００９年のこと、私が65歳のときにステージⅣの肺がんであることがわかり、治療をしなければ余命は７カ月と宣告を受け、頭が真っ白になったことがあったためです。

何の兆候もなく、大好きなゴルフなどは絶好調だと自分自身は思っていました。毎年、誕生月には東京・港区芝浦にあるいつもの病院で、人間ドックで健康チェックをしていたにもかかわらずの出来事でした。

会社の社長職も長男に譲って、これからは茨城の鹿嶋でゴルフ三昧、神奈川の川崎では畑仕事の暮らしを楽しめると、２００９年１月に鹿嶋に別荘を建て張り切っていました。

そんななか、新しい生活を始めてたった2カ月での余命宣告でした。

生い立ち

私は群馬県の山間部で生まれました。

今でこそ紅葉の名所として観光地になっている渡良瀬渓谷の上流部で、沢入（そうり）という集落です。当時は林業と石材業しかない、どこにでもある村でした。

それでも子どもは結構多く、どこに行っても子どもたちの元気な声が聞こえ、大自然の中で楽しそうに遊んでいました。

ここには1学年で60人弱の小さな小中学校がありました。

運動会は小学1年から中学3年までが一緒になって楽しみ、観客も村中から大勢の人が集まってきました。中学の部では本格的な騎馬戦や棒倒しがあり、子どもながらにそれは小さな戦争さながらの熱戦でした。

小中学校の9年間を一緒に過ごしたせいか、同級生とは他にはない親しさで、今でも年に何回も機会をつくっては会っています。

高校は足尾高校でした。栃木県の足尾町は渡良瀬渓谷の一番奥で銅山の町でした。

公害第一号で有名な町で、昭和35年頃もまだ精錬所から出る亜硫酸ガスで、喉のいがらみを感じながら登校したことを思い出します。通学には足尾線の列車を使いましたが、朝は客車の運行がなかったため、貨物運搬の汽車のすぐ後ろに車掌用の車両を1両連結してもらい、汽車通学の生徒全員がその1両に乗って通っていました。

30～40分かかったでしょうか。知り合いの機関士さんだと汽車の石炭くべをさせてもらったり、汽笛を鳴らさせてもらったり、のどかなものでした。

仕事

１９６2年高校卒業後、上京し建機メーカーであるコマツの川崎工場に就職し、エンジン設計室で働き始めました。38歳までの20年間をコマツで勤務しました。

会社には工業専門学校があり、高卒入社で1年目と2年目の社員が、学科試験での選抜で１学年40名が機械工学の授業を受けることができました。私もその一人です。

この学校は石川県の工場の中にあり、期間は2年、先生は金沢大学の教授が招請されていました。全寮制で、給料もボーナスも１００％もらいながらの勉強で、1年に1カ月間の現場実習のみが仕事らしい仕事でした。

2年後に無事卒業し、再びエンジン設計に戻りましたが、もともと整備の仕事が希望だったため、25歳のときにエンジン組み立ての現場を経て海外サービスに移籍しました。この部署で女房に会い社内結婚、そして26歳から韓国に駐在となりました。

韓国駐在は、日韓請求権協定で納入されたブルドーザー１００台のアフターサービスのためでした。農業振興公社に納入され、主に耕地整理のために韓国全土で稼働していたため、全国を回ってのサービスで、38度線のすぐ近くまで出向きサービスをしました。

このサービスが終わった後も駐在は続き、35歳までの約９年間を韓国で駐在員として勤務しました。最初の1年間で韓国語が話せるようになっていたこともあり、営業の戦力として認められたようです。日本人1人で5人の韓国人を使い、営業成績も相当なものでした。しかし、帰国して3年間本社で勤務しましたが、ここでは歯車の一つでしかなく虚しいものでした。

そこで、韓国駐在中にできたたくさんのコネをベースに、韓国専門の貿易商社を立ち上げる決意をしました。初めはたった10坪の事務所で3人だけの会社でしたが、懸命に走り回った結果、小さいながらも韓国の経済危機も乗り越えられる、しっかりした会社になりました。

小学4年を頭に3人の子どもを抱えた中での独立は、若かったからこそできたことでした。無鉄砲だったからかもしれません。

18歳でたばこを覚え、毎日3箱ずつのチェーンスモーカーになっていました。たばこに加え韓国駐在中の営業の接待では毎日を暴飲、暴食で体を酷使していました。一緒に赴任していた家族たちと夕食を共にするのは土日だけという忙しさでした。十二指腸潰瘍になり、円形脱毛症は何回かかったかわからないくらい、しょっちゅうでした。

作った会社も韓国との輸出入であったため、最後まで暴飲、暴食は続いていました。

当初は55歳まで仕事をして、その後は引退して好きなことをして過ごすことを目標にしていましたが、そんなにうまくは行きませんでした。

10年遅れましたが、2008年の64歳でやっと長男に社長職を譲り、必要なら出社して仕事をするくらいの自由な身になりました。翌年の1月に鹿嶋に別荘を建て、さあ、これからは川崎で畑仕事、鹿嶋ではゴルフ三昧で、残りの人生を楽しむぞと鹿嶋に通い始めてすぐの、3月末に右肺に3・5センチの肺がんが発見されました。

ずっと思ってきた楽しい老後の生活が、たった2カ月で打ち砕かれました。右肺にできていた肺がんは左肺と脳に転移していました。左肺には1センチの、脳には3センチ弱の転移性腫瘍2つのステージⅣの肺がんでした。

肺がんとの闘病の記録　初めは人差し指のしびれ

2005年の61歳のとき、人差し指の甲側にしびれを感じるようになったので、看護師である長男の嫁に相談したところ、すぐに脳の検査をしたほうがよいとのアドバイスをもらい、嫁が勤めていた横浜総合病院でMRI検査を受けました。この病院は私が54歳のときにゴルフでの2度目の右足骨折の際に100日間入院していた病院で、その他のこともすべてこの病院にかかっていました。平元院長が脳外科の部長を兼ねていたので診てもらいました。

結果は、「脳内出血が見つかりました。それは小さく脳に吸収され始めているので、とくに治療する必要はないが、今後は念のため、2年おきに検査するようにしましょう」とのことでした。その後は仕事も忙しく、3年間は脳の検査を受けずにいました。

脳腫瘍が見つかったことで肺がんの原発が見つかる

会社も息子に任せたので時間もでき、2009年の1月に何かがあるわけでもなく、3年ぶりにMRI検査を受けました。このときは若い先生で、「何かおかしなものがあるので後で詳しく診ましょう」とのことで、検査が3月に予約されました。

3月に平元院長の指示で造影剤を投与しての詳しいMRI検査が実施されました。結果を聞きに行くと、「今回のは、ただの出血でなく腫瘍ができています。齊藤さんは、たばこを吸いますか？　脳の腫瘍は肺がんからの転移が多いので、すぐX線写真を撮ってきてください」と指示されました。

看護師の付き添いですぐにX線写真が撮られ、院長先生に報告されました。

私が診察室に着くなり、「影があるのでCTも撮ってみましょう」と、また持ち回りですぐにCTを撮りました。

「肺がんですね。うちの気管支内科の先生の予約を入れるので診てもらってください。脳に転移しているのでⅣ期ですが、できたばかりのようだし、何か方法はあるでしょう。頑張ってください」

肺がんの宣告を受けたこの日は、私の65歳の誕生日でした。

肺がんは知っていましたが、Ⅳ期というのは意味がよくわかりませんでした。ただ、肺がんなのだということで診察室から出て、すぐにたばことライターをゴミ箱に捨てました。18歳から吸っていたたばこを、このときこの場でやめたのです。

後日、この病院の気管支内科の先生の診察を受け、今までの画像からステージⅣの肺がんであることが宣告されました。

「すぐに大きな病院に行ってください。どこか希望の病院はありますか」

私は逆にこの先生に聞きました。「あなたのお兄さんが肺がんになったらどこの病院に入院させますか」と。すると、

「私は昔、がん研有明病院の院長の部下だったので、お願いすればもしかするとがん研に入れるかもしれません。あの方は肺がんの外科部門では神の手といわれています」

私はすぐに紹介を依頼し、その場で予約を取ってもらいました。

私自身も肺がんのⅣ期がどんなものかインターネットで調べました。

どれほど大変な治療が待っているか、うすうすは解り始めていました。

もしかしたらダメかもしれないということも。

余命宣告

治ることを期待してがん研の院長の診察を受けました。

持参した画像やデーターを診た院長は、「すでに遠隔転移をしているステージⅣの肺がんなので、私ができる手術による治療は不可能です。気管支内科の先生を紹介するので、その先生とよく相談してください」と。

神の手だからと期待していた先生の診察が5分もかからずに終わってしまったのです。

気持ちを切り替え、若い気管支内科の先生の診察を受けました。私の前に4組の患者がいましたが、ほとんどの患者が泣きながら診察室から出てきました。

気管支内科の先生は優しく親切な物言いで、詳しく病状を説明してくれました。

「ステージⅣの肺がんなので、手術や放射線での治療は不可能で、抗がん剤による延命治療しかできません」と。また、「最近はどの病院でも同じ治療ができるので、あなたの家の近くの病院を紹介したい」と言いました。

私は余命を質問しました。すると、「何もしなければ7カ月、抗がん剤治療をすれば1年」との答えでした。

とっさに孫の成長がもっとみたいと思いました。1日でも長く生きるために、日本では最高峰のこの病院で抗がん剤治療を受けることに決めました。

初めての余命宣告は、それは恐ろしいことでした。衝撃で頭の中は真っ白でしたが、そのときは涙が出ることはありませんでした。すぐに死ぬということでもないし、また死ぬということの実感がなかったので、まあ見た目には平然としていられたようです。

自分自身がそんな宣告を受けたにも関わらず、そのときは診察室から泣きながら出てくる若い他の人を見て、この人も肺がんを宣告されたのかと、一緒に悲しんで励ましてやりたいような不思議な気持ちになりました。

私は生まれてから今までの人生を大した後悔もせず、自分なりに結構、一所懸命生きてきました。これからの人生は今までの頑張りに対するご褒美だと考えていたのにこの始末です。何かとんでもなく悪いことをしたのか、何で俺なんだ、という誰でもが思うであろうことがすぐに頭の中に浮かびました。死んでしまうことへの怖さではなく、何かへの恨みの気持ちだったようです。しかし、それでも生きることをあきらめませんでした。

ここから女房と私のがんとの戦いが始まりました。

私の気持ちは沈みきっており、これからをどうするかを考えるのには、精神的な力が足りませんでした。何も深く考えられなかったし、何かを考えたくもなかった。

どうとでもなれという気持ちでした。

死ぬことが怖いと思えないほど、気持ちが弱くなっていました。

死ぬってことは、夜寝たけど朝起きないで寝たままになるということではないか、と思うことに決めてから少し楽になっていたのです。

このときの女房の力はとてつもなく絶大でした。

まったくあきらめませんでした。

私が死の淵から舞い戻ってこられたのはこの女房の力強い、あきらめない、後押しがあったからだと思っています。

女房のあきらめない強い援護のおかげで、私自身にもがんと闘い、生き抜くんだという強い意地が湧き上がってきました。

後日、インターネットでステージⅣの肺がんの5年生存率を調べてみたら、そのときはたったの2・7パーセントでした。ほとんど確実に死ぬということでした。

ここからがん研で数日間にわたる種々の検査が始まりました。

PET、CT、骨シンチ、MRI、気管支内視鏡。

肺の一番奥にあったため、気管支内視鏡でもがんの細胞片をつまんでくることができず、できるだけ近くの皮膚をつまんできての推定も含めて、右肺が原発で3・5センチ、左肺に1センチ、脳に3センチ弱の転移性腫瘍が2つの、ステージⅣの肺腺がんであると。肺腺がんであることは後で頭を開頭手術したとき、とった腫瘍片の生体検査から確定されました。また他への転移はないことがわかりましたが、これは私にとっては一つの朗報でした。

脳腫瘍の治療

脳腫瘍をきれいにしないと抗がん剤治療には入れないとのことで、紹介してもらった病院でガンマーナイフによる治療を行ないました。

初めの一つは順調に治療が終わりましたが、健康保険の適用の問題もあり、二つめは1カ月後となりました。

1カ月後となる日の10日前に、千葉で仲間同士のゴルフコンペがあり参加予定でした。そのときは鹿嶋にいたのですが、朝早く起き、一人で海を見に行こうと車で出かけました。家を出てすぐの海に入る道路を曲がり切れず、ガードレールに正面激突し、車は大破しました。1年しかもたない命なのだから、それまでを女房といろいろな所に旅行をしながら過ごそうと車を買ったのに、たったの9日目で廃車にしてしまいました。幸い私自身はエアーバッグが開いてどこにも怪我を負いませんでした。後でわかったことですが、脳腫瘍が破裂して頭がおかしくなっていたようでした。

このとき高校時代の親友が、ゴルフに参加するために北海道から来てくれていたのですが、ゴルフが終わってからファミレスで会い、余命も含め肺がんのことを話しました。自分自身や女房は、少しは肺がんに慣れていたので普通に話ができたのですが、それを聞いた親友は真っ青になり、まともに話しができない状態になりました。さぞかしびっくりしたことでしょう。頭の中がどうなっているのかまったくわからずに、仕事の関係で次の日から5日間の韓国出張に行きました。

ところが、帰ってきてから川崎で女房と散歩に出かけたのですが、家に戻る途中から頭がおかしくなり、まっすぐ歩けずブロック塀に腕をすりつけながら歩いていました。また、左に曲がらねばならないのに曲がれないのです。やっと家に帰って看護師の嫁に事情を話しました。

その日は日曜日だったのですが、すぐに病院に連絡し、そのまま長男の車で病院に行きました。日曜日にもかかわらず平元院長以下ＭＲＩ検査の担当者も出てくれて、すぐにＭＲＩ検査を実施しました。

結果、院長先生から「腫瘍が破裂して神経をいたずらしていますね。これではガンマーナイフの治療は無理。頭を開いてきれいにする必要があります」と、言われました。

ガンマーナイフの治療をした病院に戻ってもよいとのことでしたが、その場で院長先生に手術をお願いしました。

４日後の15時から、右側後頭部の頭皮を円形に23センチ切って頭蓋骨を外し、中の腫瘍をきれいにとり除く手術が行なわれました。

集中治療室で麻酔から覚めたのは翌朝の午前5時でした。

それから朝までずっと目の前に掛けられた時計の針の進みを見ていました。

ああ死んではいないないな。

そんなことを思いながらの朝までの時間の長さは今でも思い出します。

しかし病室に戻った後、兄弟や甥、姪が代わる代わる見舞いに来てくれたのに何も覚えていないのです。手術が終わったばかりの、まだ生きていると思った朝の時間の長さを記憶しているのに、その後で会ったお見舞いに来てくれた人のことはわからないのです。どんな話をしたかも。まだ頭の中はおかしくなっていたようです。顔もパンパンに張っていて、目はパッチリで若々しい顔つきだったそうです。すごい手術だったのです。

院長からは、「頭はきれいにしました。転移はしているが、バラバラとそこら中に転移しているわけではないので、何か治療方法はあるでしょう。負けずに頑張ってください」との励ましをいただきました。

抗がん剤治療

脳腫瘍がきれいになったので、7月から抗がん剤治療が始まりました。

このとき、歯茎から血のにじみがありました。抗がん剤治療で免疫が低下したときに、ここからバイ菌が入ってはいけないので出血を止める治療が必要でしたが、すぐには止まりそうにないので抜歯しました。人生で初めての抜歯でした。

主治医から抗がん剤の種類の説明がありました。私は2番めに強い抗がん剤治療をお願いしました。パクリタキセルとカルボプラチンに決まりました。一番強いものは最後に取っておこうと思ったからでした。

抗がん剤の投与が始まる前にその副作用を防ぐため、制吐薬のカイトルリとザンダックが点滴されましたが、これが血糖値を上げたため、途中でインシュリンを打っての抗がん剤投与となりました。

第1回めは抗がん剤でどれくらい、何日で免疫が下がるのか、またその下がった免疫が何日で回復するのかをチェックするため20日間入院しました。

自分で作った免疫のグラフでは、抗がん剤投与後2週間で最低まで落ち、そこからは5日間でほとんど元どおりに回復していました。

1度めの治療での副作用は抗がん剤投与の3日めから出ました。まず関節痛と筋肉痛だけで、まだ鎮痛剤のロキソニンを飲むだけで我慢ができました。しかし、しばらくすると手足の指先がしびれ始めました。次第に足の裏までがしびれ始め、1週間後には足が接地してもそれを感じることができなくなりました。

こうなると何かの支えなしには歩くことができず、ベッドに寝たきりになりました。トイレに行くのも壁伝いのありさまでした。毛髪も頭はもちろん顔の髭や眉毛、まつげまでもがすべてきれいに抜けました。後に眉毛がないと格好がつかないので、女房から眉墨を借りて画いていました。しかし、投与から3週間経つ頃から痛みも、しびれも収まり始めました。

8月の2回めの抗がん剤治療は、4日間の入院で抗がん剤投与をしました。

やっと痛みとしびれが収まりかけていたのに、投与後すぐに足の裏の末梢神経が麻痺し始めていました。

また関節と筋肉の痛みもひどくなり、ロキソニンを飲む時刻が待ち遠しくなる状態になりました。

とくに足裏のしびれはひどさを増し、寝たきりの状態になりました。

主治医は「3年も経てばなくなりますよ」と言うので、「1年後に死ぬ人間が3年後に治って何になるんですか」と、かみつきました。

また、「がんと仲良くつき合え」と言われましたが、私は「冗談じゃない。自分の細胞ががん細胞になって自分を殺そうとしているんだ。ぶっ殺してやる気持ちで対応します」と言ったらびっくりしていました。

「どうせ死ぬ命なら、私がモルモットになってもいいから、延命ではない治療を試してみてはどうですか」と提案したのですが、年齢もさることながら、「生き残る可能性のある人にしか治験はできない」と断られました。

この話は、約1年後に死ぬことをはっきりと確信するのに十分でした。

入院中は、女房が夜8時に帰り、一人になると、窓に貼っていた3番めの4歳の孫が描いてくれた私と孫の2人の絵と、湾岸道路を走る車の流れを見ながら、毎晩のように涙していました。

生きていたい、死んでたまるかと痛切に思いました。

抗がん剤治療のなかで、これからの治療法を模索

2回めの抗がん剤治療のすぐ後、車でやっと家に帰ってから、しばらくは、寝ているだけでトイレに行くのも何をするのも這うか壁伝いで移動する、そんな生活になりました。ただ、副作用のなかでも、吐き気や口内炎などによる食欲不振になることはなく、食事がまともに取れたことは体力の低下を防いで、後々に良いことだったと思っています。

1回めの治療のときより副作用はひどくはなりましたが、退院して2週間もすると杖をつけば少しは歩けるようになりました。

データー上では免疫も上がっているので、畑に出てペタリと座り込んで草むしりをしていました。土の冷たい、湿り気が、私がまだ生きていることを感じさせてくれました。

がん研では、ステージⅣの肺がん患者への治療は、標準治療以外の治療は望めず、副作用がひどいので3回めはしばらく休ませてくれるよう申し入れしました。というのも、まあまあの

普通の生活ができるのは、1カ月でたったの1週間だけだったからです。このまま抗がん剤治療を続けて、ただ死なないだけの寝たきりの悲惨な生活をするのか、それとも命が縮んでも、できるだけ普通の生活をするのか悩んだ結果でした。

このときの楽しみは、隣に住んでいた2歳の孫が庭から「おじいちゃん」と呼びかけてくれるのを待つことでした。歩けるようになると、この孫と2人で近くの川崎市営の早野霊園に散歩に出かけました。途中でジュースを買って飲みながら歩く散歩が、大きな慰めになりました。孫の小さな手をつないで散歩したことを思い出すと今でも涙ぐんでしまいます。

新しい治療を求めて〝天仙液〟

それまでに食事療法や免疫療法などを子どもたちにも手伝ってもらって調べ、女房と2人でできることは何でもしていました。たとえば、ジュースを毎日大量に飲み、四つ足の肉はやめて鶏肉だけにしたり、好きな天ぷらも月に1度にしたり、砂糖のように白いものは食べないなど、聞いたり本を見たりで知ったことは何でもやっていました。最終的には免疫治療に頼って、少しでも延命をすることになるだろうとも思っていました。

そんなとき、食道がんを患っていた、雑誌『週間ポスト』の編集長だった関根進氏の『ガンを切らずに10年延命!』を読んで漢方薬の〝天仙液〟を知り、さっそく取り寄せて飲み始めました。ただ、取扱店があるだけの並行輸入品であったため、薬局のように症状に合った飲み方を説明してはくれませんでした。素人なりに、「沢山飲んだほうがよいだろう。漢方薬だから飲み過ぎてもそうは悪くないだろう」などと考え、関根さんの体験談を参考に朝、昼、晩の3回飲みました。同時にどのような飲み方をしたらよいのかを調べようと思いました。

天仙液の顧問である埼玉県の帯津先生の指導を仰ごうと診察の予約をお願いしましたが、10カ月先とのことで残った時間もなかったため諦めました。

天仙液で鈴木先生と会う

引き続き天仙液について調べていたら、東京・国分寺市にあった鈴木医院の鈴木先生にたどり着きました。鈴木先生は普通の内科医院をしながら、必要に応じ、がん治療関係の仕事をされていました。さっそく訪ね、天仙液の飲み方はもちろん、標準治療とは違う、普段から取り組める食事療法などのがん治療についてもたくさん教えてもらいました。

高濃度ビタミンCの点滴やラドン浴も治療として取り入れていたので、がんが消滅した後に1年半にわたり、この2つの治療を週に1回ずつのペースで受けました。

鈴木先生から、「免疫治療に興味はありませんか」と聞かれたので、最終的には免疫治療での延命治療に行かざるを得ないと思っていることを話すと、珠光会診療所というクリニックを紹介されました。これが大きな運命の転換点となりました。

珠光会は東京・杉並区の阿佐ヶ谷にありますが、鈴木医院のある国分寺からそのまま珠光会に車を走らせました。院長にお会いして、このクリニックでの免疫療法に使われる蓮見ワクチンの話を聞いていたら、「ちょうど蓮見理事長がいらしているが会いますか」とのことだったので、即答でお会いできるようお願いしました。

治癒の話が初めて出る

蓮見理事長は持参した治療データーや画像を見てすぐに、「これなら70パーセントの確率で治癒します」と言われたのです。これには女房と2人でびっくりしました。女房はこれを聞いたとき鳥肌が立ったと言っていました。がんの治療を始めてからセカンドオピニオンも3回受けましたが、これまで一度も「治癒」という言葉は、今の今まで聞くことができませんでした。

このとき示された治療はＨＩＴＶ治療といいますが、その場ですぐにお願いしました。

珠光会のワクチン治療は予防的なものですが、このＨＩＴＶ治療は、東京・千代田区の紀尾井町にある系列のＩＣＶＳ東京クリニックが行なっている治療で、積極的にがん細胞をつぶしてしまう治療です。

簡単にいうと、ＨＩＴＶ治療というのは、患者の血液から白血球の一部である単球を取り出し、培養操作を経て樹状細胞を誘導します。この樹状細胞は異物を認識する機能をもっています。これを注射器で直接がん細胞に注入すると、どのようながんであるかを学習します。その後に点滴で静脈にメモリーT細胞を投与すると、樹状細胞からがんの情報を受け取り、がんを異物として記憶します。そこから2～3週間でメモリーT細胞が攻撃力のあるキラーT細胞へ変化し、がんへの攻撃を始めます。キラーT細胞は敵をロックオンしたら、どこまでも追尾するミサイルのようなもので、24時間休むことなく攻撃を続け、がん細胞を弱体化させます。この細胞は血液中に送り出され、進行がんの特徴である血液中に進入した細かながん細胞も排除します。こうしてがんの再発を防いでいるのです。

この後、蓮見先生からＨＩＴＶ治療の前にもう一度、抗がん剤治療を受けるようにとの話があったので、がん研で最後の3度めの抗がん剤治療を受けました。このときは治したい一心で副作用にも耐えることができました。

10月にがんそのものはトモセラピー（強度変調放射線治療、ＩＭＲＴ）で焼き殺し、あわせてＨＩＴＶ治療をして治療は終了しました。たった14日間の、痛くも、何ともない治療でした。

がんは抜け殻に

治療が終わって1カ月半後の12月に、ＰＥＴ―ＣＴで、がんがどうなっているかチェックをしました。１週間後、蓮見先生から「がんは抜け殻になっていますよ」と言われました。どうしようもなかったがんが抜け殻になったのです。手術も放射線治療もしてもらえなかった肺のがんがなくなったのです。どれほどうれしかったことか。

しかし、これで万事終了というわけではなく、これからがＨＩＴＶ治療の本領発揮なのです。Ⅳ期のがんは手術や放射線でとり除いても、血管を通して体中に散らばったがん細胞がどこかに着床して、もっとひどいがんができてしまうので、大病院や大学病院のほとんどはⅣ期のがんに対しては手術や放射線治療は行なわず、標準治療として、一般的には化学療法しか施しません。体中に散らばったがん細胞が着床するのを防いだのが、先ほど説明したＨＩＴＶ治療で誘導されたキラーT細胞のがん細胞への攻撃なのです。

がんが消えてから、３カ月めにチェックし再発なし。

６カ月後も、１年後のチェックでも再発はありませんでした。

ＨＩＴＶ治療では、アフェレーシスという人工透析の機械に似た装置で、血液から必要な成分を分離採取して、残った血液をまた体に戻す準備作業があります。３〜４時間じっとしていなければならないので、きつかったのですが、樹状細胞を注射器でがんに直接注入するときのチクリとした痛み以外、痛くも何ともない治療でステージⅣの肺がんを克服したのです。びっくりです。万歳です。有り難かったです。

蓮見先生に大感謝です。

肺がんを見つけ、頭の腫瘍をきれいにしてくれた平元院長に大感謝です。

一緒に精一杯戦ってくれた女房に大感謝です。

ここまでずっと励まし続けてくれた家族や友人、知人に大感謝です。

ありがとう!!　この言葉しか思いつきません。

肺がん克服後

ステージⅣの肺がんとの闘病はこれで終わりましたが、がんとの闘いは終わりませんでした。

実は12月のＰＥＴ—ＣＴで新たに膀胱がんと甲状腺がんが発見されました。

甲状腺がんはそれほど悪性ではないとのことで何も処置をせず、急激に大きくなったりしないかをチェックするために1年に1度の検査のみを受けることになりました。

膀胱がんは今までの10年間で3回の手術をしています。再発の間隔が伸びているので当初は4カ月ごとの検査が今では1年ごとになりました。これはできたらまた手術をすればよいと楽観しています。

1度めはグレード3の悪性であったため、術後にBCGを膀胱内に入れて、膀胱の内側を膿ませるようにしてはぎ取る、抗がん剤治療を5週連続で受けました。処置後のすぐの排尿はどろどろになった尿であったため、それは痛いものでした。その日から39度弱の高熱が2、3日続きました。膀胱がんは治療時の痛さとは別にして、検査が膀胱内視鏡によるため、尿道を通してカメラを入れるときの痛さは、麻酔するかどうかの境目とのことで、本当に参りました。毎回、冷や汗をかいていました。

頭も、腫瘍が破裂してしまったのできれいにするために開いたので、毎年MRIで検査をしています。この検査のおかげで、がんとは関係なしに2012年に脳動脈瘤が発見されました。これは肺がんを見つけてもらった横浜総合病院で、カテーテルによりコイルを詰めて治療しました。これも肺がんに関わる治療があったがゆえに上手く見つかり、何の問題もなく治療ができたので、くも膜下出血を事前に防いだのです。

本当はこれで終わりにしたかったのですが、２００９年に治療して11年たった２０２０年９月の再発チェックのＰＥＴ―ＣＴ検査で、左胸に約１センチの肺がんが見つかりました。再発の可能性があることから、毎年９月にＰＥＴ―ＣＴで検査を受けていました。今回は再発の知らせを聞いても怖いとは思いませんでした。前回と同じく、トモセラピーで焼いて免疫治療も受けました。私的にはあと10年の寿命はあるだろうと確信しています。

あきらめずに生きた人生

私は一生懸命をモットーに生きてきました。サラリーマン時代も会社を経営していた頃も、常にこの生き方は変えませんでした。何事にも誠心誠意ぶつかってきました。私は自分が納得できないことには妥協をしませんでした。

サラリーマン時代も上司との折り合いが悪く、業務指示も直接ではなく部下を通して伝えられるなど、いろんなことがありました。

韓国駐在中には、大きな顧客であったある財閥の会長と、机を挟んでの大喧嘩をしてしまいました。「これはもうだめだ。これで駐在も終わりだな」と、家に帰って女房に帰国の準備を頼みました。翌朝、事務所に行くとその財閥の重役から「齊藤さん、すごいね！　会長が愛社精神と責任感があるとベタ褒めだったよ」と連絡がありました。この後、この会長には会社をつくった後までも可愛がってもらいました。もちろん商いでもたくさんの応援をいただきました。

会社をつくってからもこんなことがありました。韓国でも大きな企業の重役から2度の出入り禁止通達が出されましたが、負けずに頑張っていたら周りの知り合いたちが助けてくれて、難を逃れることができました。これもこの会社の重役と意見の食い違いがあったためでした。

ある大企業の副社長から、「もう息子さんに会社を譲って引退してはどうですか」と言われたので、理由を尋ねると「私の部下は、あなたを好いていません。言うことを聞かないし、すぐに怒るので扱いにくいらしいです。息子さんのことは皆が好きなので、そうしたほうがいいでしょう」と言うのです。この会社は、私の駐在時代から50年近くたった今も取り引きが続いている、年間で数億円単位の注文を出してくれる大切な顧客です。こんな性格のため、私を嫌いになった人は、半端なく嫌っていたと思います。しかし、私は商いでは何度もだまされましたが、私はだますことはしませんでした。誠心誠意、事に当たっていたので信用されていたと思います。

私を独立させてくれたのは韓国駐在中にできた韓国の友人・知人とのコネクションでした。

たくさんの人に応援してもらいました。その人たちとは今も関係が続いています。

独立してから会社経営していてとくに思ったのは、私の運の強さでした。当然、私の努力もあったでしょうが、何度もつぶれそうになりながら、その都度、どこからか応援が入ってそれをまぬがれてきました。韓国の経済危機がその最たるものだったでしょう。このときは会社が潰れるだろうと半分の社員が辞めていきましたが、会社にとっては規模の縮小を図らねばならなかったときで、とてもラッキーな出来事でした。

ちょうどこのとき、メキシコに１００万ドル強の工作機械が船積みされたのですが、アカプルコの港に停泊中、台風のため沈没しました。すぐにメキシコのユーザーから同量の機械の再注文が入りました。ユーザーも保険の救済があり損はなく、わが社は多額の注文で思ってもみなかった大きな幸運が舞い込んだのです。このようなことが何度かありました。

余命宣告が出されたステージⅣの肺がん、膀胱がん、甲状腺がん、そして脳動脈瘤などの病から立ち直れたのは、女房の強い支えがあり、私自身の中にも生きようとする強い意地があったからこそですが、医師からの余命宣告に対しては、「そんなに簡単に死ねるか」と開き直れる強さがあったからと、運の強さも大きな要因になったと思います。

私が生きることをあきらめなかった最大の理由は、６人の孫たちが成人して伴侶を見つけたときに、その出会いを心から祝ってあげたいからです。孫を思うと大きな生きる気持ちが湧き出てくるのです。

孫の成長や、子どもたちが仕事に精を出す姿を見ながら、鹿嶋でのゴルフやメダカの飼育やバラの花を楽しみます。

川崎では土に触れながら無農薬のタマネギ、ニンニクや里芋を作っていきます。私にとっては、これからが本当のご褒美の時間なのです。

また、がんとの闘病生活を経験して、性格的には大きな変化がありました。短気、意地っ張り、少し強面で涙もろい男だったのが、今は涙腺は相変わらず緩いのですが、仲間からは穏やかで優しく、面白い人と言われるようになりました。鹿嶋や鉾田のゴルフ仲間と楽しく過ごして、お互いの免疫をぐっと高める生活を送ろうとしています。

学び直しにアカデミックワールドに踏み入れて！

根岸　昌

50歳に差し掛かった頃、
定年以降のことをよく考えるようになった。
自分が好きなことは、いったい、なんだろう。うきうきすることは、なんだろう。

ふと、高校1年のとき、恩師宅へ遊びに行ったことを思い出しました。先生は、24歳で国語の教師として東京教育大学を卒業して赴任したばかりでした。

部屋に入ると四畳半一間の4面に本棚があり、定本柳田邦男全集、折口信夫全集、民俗学の本、司馬遷の史記全巻、唐詩選、四書五経、定本古今和歌集、新古今和歌集、中島敦、啄木全集、中原中也全集、群書類従など箱入古典籍が押入れの中まで、ところ狭しと整然とありました。

その空間、世界観に圧倒されました。お酒も入って、私を含めて学生3人が先生の民俗学、柳田、折口、中国の話に魅了され、数時間が過ぎました。


受験生としての重圧にいつも疑問に思うことを一度、先生にぶつけてみたことがありました。

「先生、何のために僕らは勉強するのですか」

「それは、人格を創るためだよ」

その意外な答えに15歳の高校生の自分は途方にくれました。

その後の人生で、先生の「人格を創るために学問をする」との問いに、自分なりに理解するために考え行動するようになりました。

当事70年安保後、学生運動がまだくすぶる中、成田闘争もありました。

その問題を考えるため、三一書房の本を１００冊近く買い、むさぼるように読みました。その中に小田実の『何でも見てやろう』などが印象的だったのを覚えています。そういった類いの本の中で強く心に残ったのは、羽仁五郎の『都市の論理』でした。イタリアの都市国家では、大学内は治外法権で、学内には警察権力が入ってこれないという論理でした。

そういって当時の学生運動家は、警察権力を学内に入れず大学の自治を守りました。

羽仁五郎の学術的な歴史事実を現実の世界に引き寄せて質問、議論に発展させることで、仲間たちでエキサイトしました。

「学問は、人格を創るためにする」の問いを胸に秘めながらサラリーマン生活30年が経過しました。

50歳を過ぎたあるとき、ネットサーフィンをしていたら、東京大学大学院の社会人入学の説明会の案内が目に止まり、問い合わせたところ、ぜひ参加くださいとのことで説明会に参加しました。そこでは、研究コースの先生方、先輩の体験談を聴きました。これからの人生は、これだと思いました。以前なら敷居が高い赤門でしたが、そのときの総長は濱田純一さんで、私が尊敬する灘校の橋本武先生の教え子。なんとなく親近感を抱き、記念受験のつもりで受けてみました。運よく合格しました。

入学して、まず図書館に入りました。古色蒼然とした歴史的建造物と、入り口から3階に繋がるレッドカーペットに圧倒されました。膨大な蔵書に囲まれてここで研究できる喜びに浸りました。元前田藩邸内に建てられたということで、何時間いても落ち着く空間でした。おそらく私の祖父が前田藩縁の僧侶の子孫ということも関係しているかもしれません。

資料：東京大学総合図書館所蔵

入学した修士は博士と違い、狭い世界でも、現実と関係なくても、統計とマクロ的見地から論じられる論文であれば、マスターを取得できるということでした。私としては、さらにそれを深めてオリジナルにまとめて専門を深めれば、Dr.は取得できる。そんなビジョンを描きました。しかし、博士の知見は、実社会、世間ではあまり評価されない。就職も難しい。これが日本の現状だろうと思い知らされました。

研究を深めるなかで博士こそが、現実を研究し、先行研究、量的研究、質的研究を駆使してそこにある諸課題を解決できる成果を提示できる。そう確信をもつようになりました。

現実の大学院で、実証研究といわれている世界に諸問題を解決したものは少ない。医療にしても金融にしても大学経営にしても同じです。とくに大学経営政策は、現場、現実の観点から学生、親の立場に立って論じたものが少なく、また、経営政策を動かす理念を論じることも深く議論されてこなかったのではないか。つまり生身の人間が置き去りにされた高等教育研究であったのではないかとリサーチクエスチョンを抱くようになりました。

こうした問題意識から私は研究テーマを生身の人間、つまりその人間の強い思いや理念、思想というものを突き詰めてみたいと思ったのです。そこで、その理念をもとに経営行動していった元白虎隊士、山川健次郎が、東京帝国総長時代に情熱を注いだ学問の自由、大学の自治を研究のテーマにしました。扱った事件は、戸水事件でありました。紙面の都合上、詳しく記すことは避けますが、日露戦争積極論の戸水教授等7人の東京帝国大学教授と慎重論の時の政府である内閣と対立するという事件です。興味のある方はぜひ調べてみてください。

この事件の結論は、学問の自由、大学の自治は、政府高官、大学人によって守られたかにみえますが、日露戦争という時代背景による政治的決着の色合いが強かったのです。しかしこの後の大学の自治が教授会の権限が強くなったきっかけとなったとみることもできます。関与アクター（政府、大学側、総長、教授）は、異文化体験をして学問の自由は、文明の発達のために必要不可欠であるとの考えの下、学問の自由を守る大学の自治は政体護持、朝憲紊乱に触れない条件付きで認められました。

この事件をきっかけにして、大学の人事権の自治、つまり教授の人事権、総長の人事権が大学の自治に制度上、慣習上、完成されました。山川の果敢な武士道的行動をきっかけとして。

研究の過程で、帝国主義による領土拡張する列強の国々の軋轢から軍事研究が進むことがわかりました。そのことによって民生分野で目覚ましい技術革新がありました。たとえば、飛行機、インターネット、自動掃除電化製品のルンバ、衛生打ち上げによるＧＰＳ天気予報などです。

この一つの修論のテーマからさまざまな方向に知が発展していきました。

また、高校時代に抱いた問題関心から以下の講義を取り、人生のテーマの知を深めることができました。

科学史、老年学、大学史、教育政策史、世界比較大学論、学校教育政策基礎研究、教育政策事例研究、博物館展示論、博物館教育論、論文指導、統計学、授業分析（グループワーク）、多文化共生総合人間学演習、グローバル・クリエイティブリーダー論、THE官僚等、さまざまなジャンルの講義を他学部生、他研究室の院生と席を並べて受講しました。

あっという間の3年間でした。

皆さんも人生の一コマにこういった時間をもつのもよいかと思います。ぜひ、アカデミックな世界の扉を開けてみてください。

どんでん返し

吉田勝光

はじめに

私は35歳から58歳になるまでの24年間、愛知県の公務員として勤務。大学卒業後、公務員になる前には10年余、親のすねをかじりました。この期間は、履歴書的には「空白」となる非生産的活動の期間。失意・半ば死に体の中、公務員生活を送る傍ら、徐々に、前記10年余で培ったものを活かすことはできないものか、活かさないのはもったいない、と考えるようになりました。そして、その時々に思いついたことに自分なりに力を込めて取り組んできました。当時は、それに専念することによって空白の期間にまったく成果を出せなかったことを頭の中から追い出そうとしていたのかもしれません。

大学に入学した当時の将来の夢は「実家の町長になること」（最初のクラスコンパの自己紹介でしゃべったようです〈同級生談〉）だったり、大学の教員となること（大学に入学して間もなくあこがれましたが、本も自由に買えない貧乏学生には無理だと諦めました）だったようです。振り返ってみれば、結果として、58歳から70歳まで13年間、大学の教員生活を送ることができました。大学入学時の夢（の一つ）を実現したことになりました。このような人生が待っていようとは、世捨て人のごとく、公務員生活に入った当初には、まったく予想だにしていませんでした。

以下に、私の大なり小なり起伏ある人生について、「起」（輝ける日）に力点を置きつつ、その来し方を振り返らせていただきます。

司法試験口述試験に2度とも失敗

空白10年のはじまり

大学に2浪して入学し（東大紛争で東大の入試が中止となった年）、学生時代は学園紛争でろくな勉強もせずして卒業。3年生の1月には、育った地元の銀行に内定していました。その夏に同銀行が実施した宿泊研修で、某研修担当者のような人と一緒に働くのに抵抗を感じ、内定を辞退。親に一方的に司法試験受験を伝えました。そこから、10年余の空白の期間が始まりました。

論文式試験に合格

1980年（昭和55）に実施された司法試験第2次試験論文式試験にようやく合格。この試験に合格すれば、あとは口述試験のみで、実質上95％の確率で、司法試験に合格したといわれていました。当時は、受験生が3万人程度で、論文式試験に合格するのは500人程度、口述試験は450人程度（最終合格者）であったかと思います。それに、口述試験は、翌年度も受験できるため、5％プラスの「95％」の確率説が存在していたわけです。

口述試験に2度失敗

私は、この口述試験に2度落ちました。1年めは重要科目の「民法」で大きく失敗。2年めは、試験室に入った瞬間、昨年の「民法」と同じ試験委員（主席・陪席2人のうち1人）だとわかりました。前年に落とした受験生は覚えているとの噂を耳にしていたこともあり、頭が真っ白になってしまいました。法務省中庭での最終合格者発表は、不合格を確認するために出向いたようなものでした。

失意

その後の1週間は3畳の下宿で、終日仰向きに寝ころんで、天井に向かってソフトボールを投げ、グラブでキャッチする動作を延々と続けました。これからどうしようか。母親は、当時勤めていた実家近くの漬物屋での作業中に思いにふけって（私の不合格を聞いて？）左手薬指の指先を機械で切断してしまいました。96歳の今でも、指先は爪がトンガリ帽子のようになっています。

話し下手というトラウマ

この2度の口述試験の失敗により、私にとって、話し下手ということがトラウマとなりました。生来、話術も、文章（作文）も褒められたことはありません。せいぜい、雑談をしていて、ときどき笑ってもらえるようなことはありましたが。この失敗で決定的ともいえる真実を突きつけられました。ただ、死のうとは思いませんでした。なぜか、「少なくとも親が働く時間に負けないほどの勉強はしよう！」「親より早くは死なない！」という固い信念みたいなものをもっていましたから。仕送りをしてもらっている後ろめたさを消したかったからでしょうか。

再起への第一歩　～35歳で愛知県職員になる～

1回しかない機会を決意

司法試験に失敗した後は、完全に死に体でした。そうしたとき、愛知県庁に勤務している弟から、次年度（１９８３年度〈昭和58〉採用）の愛知県職員採用試験応募資格の年齢制限が、採用時35歳までに延長されたので（当時の仲谷義明知事が社会人経験をもつ人の採用を考えて）、受験してみてはどうかとのアドバイスがありました。それまで、公務員という職業には懐疑的で、公務員は、民間に採用されなかった者や民間でやっていけない人間がなるものと思っていました。これは見当違いであることに後年気づきました。それでも、生きていかなければなりません。年齢制限ぎりぎりで1回しかない受験を決意。なぜか、どうしても合格しなければならないという切迫感はなく、ちょっと来年度の司法試験に向けての小休止くらいの気持ちで試験対策を練りました。

いちかばちかのラッキー4

第1次試験までに時間はありませんでした。教養科目と専門科目のうち、教養科目に勉強時間を割き、そのなかでもジックリ時間をかければ得点できる問題（以下「ジックリ問題」）と、時間をかけてもできない問題とを選別。後者は試験時間終了間際に、まとめて「ラッキー4」（5肢中から1肢選択の問題では、すべて第4肢を解答肢にするというものです。それは、難しい問題は「4」肢が正解とされるケースが多いと、司法試験短答式試験の経験から得ていた確信に近いものでした）に統一して解答しました。試験時間終了間際に第4肢を正解欄に記入する問題に割くべき時間を、ジックリ問題に時間をかけました。法律問題は、司法試験の受験科目ではなかった行政法のみ過去問10年分程度を問題文と解説をともに暗記するまで繰り返しました。全体的にも、過去問を1000問程度繰り返し解き、問題と解答の解説を覚えるくらいまで反復練習。

第2次試験は小論文と体力測定。体力測定は34歳という年齢でもあり、かつその夏休みに右足くるぶしを捻っていましたが、その当時は体力や運動能力には、自信があり心配はしませんでした。小論文は、時間配分を慎重に検討し、問題用紙の余白欄に下書きをした上で、それを浄書するように丁寧に書き終えることができました。試験を終わって、年齢以外の理由で落ちることはないと妙に確信。

最高齢の合格者

その年の採用者の中で、私が最高齢の新任職員。後の話ですが、当時、最高齢の私について、どんな人間なのか、人事関係者の間で心配されていたと聞き及んでいます。採用後も、年齢が高かったゆえに、人事異動の際には、転勤先の上司が私より年下ということで、没になったこともあると聞いています。

死に体だった私は、この合格によって、少しずつ元気に。そして、その後、採用された後は、気分一新、本職に精励するよう、方針を変更しました。司法試験はその後一度も受験していません。この決断が、その後に幾多の福音をもたらすことになりました。

生きる価値への光明

少し前向きに

最初に配属されたのは、当時、全国で最も規模の大きかった肢体不自由児学校。知事部局の法規担当を希望しましたが、かなわず、学校に配属されたのは大ショック。しかし、当時の校長から、私が赴任する前年に寮生が風呂場で転び、法的にどうなるのか問題となったと聞きました。それが初めて学校事故問題との出会いでした。このとき、ひょっとしたら、これまで司法試験で勉強したことが仕事に生かせるのではないかと。学校現場から学校事故の問題を研究してみよう。とにかく、目の前の仕事をこなしながら、これまでの蓄積を生かす場面を探していこうと思ったのでした。

与えられたチャンス

採用後数年経て、県の研修所が主催する、検事が講師を務める法務研修会に参加。同研修所の主査Ｏ氏から、法律関係の学識を認められ、その後、県職員や市町村職員の民法や行政法などの研修講師を務めるようになりました。１９９５年(平成７)には自治研修所の主査が職場(当時教職員課）に私を訪ねて来られ、自前のテキストを作りたい、ついては協力して欲しいとの申し出がありました。１９９６年（平成８）４月に、市町村職員用の『市町村職員　一般職員中期研修・民法』（単著）と『市町村職員　一般職員前期研修・民法入門』（単著）のテキストが完成。いずれも、市町村が当事者となった訴訟事例をふんだんに盛り込んだもの。類書にはない特色を出したものでした。

その後の人生に繋がる

当時、これを書き上げ、また改訂するために、地方自治体職員用の研修テキストとして発行されている、ありとあらゆる書籍を自費で入手。50冊は優に超えていたと思います。そして、事例を拾うために、高価な『法律判例文献情報』（第一法規）誌も個人で購入。このテキスト作成・発行は、私が、大学教員として転職する前年の2006年（平成18）4月発行（改訂第3版）分までの10余年間継続。このテキスト作成が、大学で「法学」の授業を担当することに繋がるのです。

左遷

一つの事件

愛知県に採用されて4年を経過した時点で、夜間定時制の高校（事務室）に転勤。明らかに左遷。このときには、新採のときの事務長から、別の事務長に変わっていました。前記法務研修会への参加を事務長に申し出たところ、「学校事務員ごときに必要ない、あの研修は知事部局の職員が受けるものだ」と言われ、受講（出張）の承認をもらえませんでした。その一方で、自治研修所の主査O氏から校長に、私の研修参加を認めて欲しいとの要請がありました。事務長は、校長から叱責されたようで、これが今回の左遷につながったのではないでしょうか。

2年間で次の職場へ

転勤した高校の事務室は、昼間の全日制5名（事務長、主査、主事4人）と夜間定時制主事1名が配置されていました。実際は、定時制専任を置かず、定時制勤務を全員が交代で行なうのが通例でした。たまたま私の前任者が、趣味の関係で定時制専任を希望し、勤務していました。この流れもあり、また私自身も、定時制に興味がありましたので、専任として従事することにしました。

この時期は、他の定時制高校勤務の仲間と、平日の午前中に一宮市のヘラルド系のテニスコートでテニス。午後1時に学校に出勤するという優雅な生活でした。2年後に愛知県の外郭団体である財団法人愛知県教育サービスセンターに出向。民法上の法人である財団法人の実態に触れ、それを身をもって学ぶことができると期待。この転勤にはワクワクしました。

スポーツ専門雑誌への連載

吉村正先生との出会い

前記県教育サービスセンターでの担当業務は、出向した1989年（平成1）の5月にオープンした、美浜少年自然の家と旭高原少年自然の家の運営に関する予算執行・会計に関することでした。忙しい業務の中、同年9月から、ソフトボールマガジン誌（ベースボール・マガジン社発行）に「連載：練習中に起きた事故 そのとき裁判所は!?」（全10回）を執筆しました。きっかけは、以前に遡ります。1982年（昭和57）の秋、母校の近くに住んでいた私は、下宿に帰宅途中、大学の校舎の脇に小さなグラウンドがあり、そこで大学ソフトボール部が練習をしているのを目にしました。そこに吉村正監督（現早稲田大学名誉教授、平安高校で当時捕手の衣笠祥雄選手とバッテリーを組む）が指導をしておられました。

34歳で体育の授業に出る

私は、愛知県職員採用試験の結果待ちの状況で、郷里へ戻ったら、当時盛んであったソフトボールを楽しもうと思っていました。ちょうどよい機会と捉え、先生にウインドミル投法を教えていただこうと、先生に声をお掛けしました。そうしたところ、体育の授業の合間に教えていただけることになり、東伏見グラウンドで実施される授業に出席。受講生の多くは新入生で、一緒にソフトボールを楽しみました。そして、確か10月10日だったと記憶していますが、大学体育祭のソフトボールの部に選手の一人として参加することに。3塁を守りましたが、エラーをし、試合を不利にして1回戦で敗退。私を選手として推薦してくれた受講生の皆さんに申し訳なく思いました。

続いた連載の依頼

その後も先生とのおつきあいは続いており、私が司法試験の勉強をしていたことから、同誌に連載執筆を提案してくださったのです。この連載が終了した1年後の1991年（平成3）9月からは、同じベースボール・マガジン社発行のベースボール・クリニック誌に4年超という長期にわたる連載「裁判例に見る野球事故の実態」（全52回）を寄稿するに至りました。同誌編集長がソフトボールマガジン誌の私の連載を見て、野球だったらもっと多くの事例があるだろうと考えられたとのことでした。

本務の仕事は忙しかったのですが、毎月1回の原稿書きは、公務員生活にアクセントをつけてくれ、適度な息抜き・気分転換になりました。野球事故判例は、高校野球の事例（部活動）が多く、学校事故の勉強にも大いに役立ちました。司法試験に失敗せず、吉村先生にお会いすることがなかったら、また、就職後も司法試験の勉強を続けていたら、連載の執筆を引き受けるチャンスはなかったでしょう。これらの連載が、後に述べる野球事故研究の諸論文とともに、連載終了後10年以上たって取得するに至った博士号のベースになるのです。

後年のめぐりあわせ

吉村先生の率いる早稲田大学女子ソフトボール部とは、後年、最初に赴任した松本大学の女子ソフトボール部部長に就いていた際に、東日本女子ソフトボール選手権（長野県大町市）準々決勝で対戦。試合には負けましたが、自身1塁側ベンチに入り、3塁側ベンチの吉村監督と対峙したときは感無量でありました。松本大学に赴任して数少ない心躍る印象に残る瞬間でした。

日本スポーツ法学会との出会い

学会創設時から参加

１９９２年（平成４）年12月に日本スポーツ法学会（会員数約５００人。多くは弁護士で、大学所属研究者は少ない。以下「スポーツ法学会」）が創設され、原始会員となりました。前掲ベースボール・クリニック誌の連載が始まって、スポーツと法の関係に関心をもつようになり、時を同じくして、スポーツ法関係学会設立の動きを知り、東海大学同窓会館（霞が関ビル）で開催された同学会の設立準備総会にも参加しています。

本学会は、私を成長させてくれた学会です。創設時に加入以来、スポーツ法学関係の研究発表、論文投稿、シンポジウム開催、事務局員（２００５年〈平成17〉）、理事（２００６年〈平成18〉以降）、事故判例研究専門委員会事務局員（２００６年〈平成18〉以降）、同委員会委員長（２０１３年〈平成25〉以降）、スポーツ法学教育の在り方検討委員会委員長（２０１３年〈平成25〉以降）等の活動を行なってきました。

積極的に活動

まず、研究発表と論文の投稿に力を注入しました。研究発表は論文化する前段階として、研究大会の参加者から、さまざまな意見を聞き、教えを乞う機会と考え、積極的に行ないました。しかし、相変わらずの話下手は治らず、時間超過、尻切れトンボの発表でした。そのたびに自己嫌悪に陥りました。論文については、野球事故関係を3年連続で投稿することを目標に設定。①「野球型スポーツ事故判例に関する一考察」(スポーツ法学会年報第4号、1996年〈平成8〉)、②「野球部活動での打撃練習中の事故に関する一考察」(同年報第5号、1997年〈平成9〉)、③「日本高等学校野球連盟の打撃練習での注意事項に関する通達の検討」(同年報第6号、1998年〈平成10〉)を学会誌に掲載。この3部作で、私が、野球事故を専門的に研究していることを示すことができました。

その後、原著論文として、指定管理者関係(同第12号、2005年〈平成17〉)、学校のプール開放中事故関係(同第15号、2008年〈平成20〉)、スポーツ審判関係(同第15号、2008年〈平成20〉)が掲載されました。指定管理者関係の論文は、当時の愛知県での指定管理者に関する条例制定の動きを観察して書き上げたもので、県という組織内にいなければ論点に気づかなかったところです。後掲『地方自治体のスポーツ立法政策論』に所収されました。

同学会は、社会科学系の学会で、他の多くの同系統学会と同様に、当初、「査読」制度をもっていませんでした。したがって、「査読」論文が高評価される現在では、前掲諸論文は、原著性を有しつつも、査読論文として高評価されず、残念でなりませんでした。大学や評価機関によって、評価の仕方が違うかもしれませんが、査読なしの論文が3ポイントとすれば、査読つきの論文は5ポイントといった具合に差がつくのです。

新たなテーマを見出す

松本大学で「スポーツと法」の授業を担当しつつ、スポーツ法学教育の在り方について考えるようになりました。そこで、スポーツ法学会会員に対して、抱える課題、授業実施上の工夫などについてアンケートを取りました。まだ不十分と考え、全国の700余の大学に対し、スポーツ法学系科目の有無、スポーツ法学関係の内容を含む授業などについて、アンケートを取りました。その作業がきっかけとなり、学会内にスポーツ法学教育の在り方検討委員会が設置され、私が委員長に就任しました。

これが、2014年（平成26）12月開催のスポーツ法学会研究大会第22回大会のシンポジウム「スポーツ法学教育の在り方を考える」に繋がりました。私は、シンポジウムの司会を担当。

同シンポジウムは、翌年発行のスポーツ法学会年報の特集として組まれ、同年報のタイトルともなりました。そして、翌年12月に開催された学会総会において、「スポーツ法学教育の普及・推進に関する声明」（同年報第23号、２０１６年（平成28）年。学会ＨＰ）が承認され、スポーツ法学教育の在り方検討委員会委員長であった私（素案作成）が、会長になり代わって読み上げました。スポーツ法学教育の在り方検討委員会は、現在、スポーツ法学教育推進委員会と名を変えて活動をしています。

テキスト作製や単著出版に広がる

さらに、スポーツ法学教育の在り方の検討は、『標準テキスト・スポーツ法学』（エイデル研究所）の出版に繋がりました。大学での「スポーツ法学」のテキストとして、標準的な内容を盛り込み、教師が学生の状況に応じて教える内容、方法を工夫してもらうことを念頭に置いたものです。私は標準的テキストの必要性を訴え、編著者の一人として深く関わりました。

スポーツ法学教育の在り方に関する活動は、スポーツ法学会全体の動きの一つとなり、私にとっては、これまでの学会活動中、最も大きなうねりとなりました。個人的にも、スポーツ法学教育に関する論文（さまざまな法学分野の教員による「スポーツ法学」授業の実施の試み）

を執筆（同年報26号、２０１９年（令和１）。後に２０２０年（令和２）６月に発行した単著『スポーツと法の現代的諸問題』（成文堂）に繋がりました。

２０１９年（令和１）12月の総会で、２００６年（平成18）12月から13年間務めてきた理事を退任した際、名誉理事に推挙されました。

大学院での学びと研究　〜博士号取得への道〜

１９９６年（平成８）４月に知多半島の東海南高校に主査として勤務することとなったのを機に、論文指導を中心にしていただける、近隣の大学の先生を探しました。東海南高校は、全日制普通科高校で、生徒の質も悪くはなく、主査の仕事もさほど忙しくはないはず。法学会会員であった中京大学大学院体育学研究科の守能信次先生の研究室を、先に執筆したベースボール・マガジン社発行の2雑誌のコピーを持って訪ね、ご指導をお願いしました。

先生は、その連載を読んで、「将来的には博士論文への道につながる」とのお言葉をいただき、この時点で、博士号取得をかすかに意識。しかし、まだまだ随分先のことと認識。最初の2年間は特別研究生という立場で、論文指導とともに、スポーツ法学関係の洋書講読、アメリカの野球事故判例研究に取り組みました。1998年（平成10）4月からは、中京大学体育研究所準研究員（学外研究員）として毎月1回、有給休暇を取って先生の研究室に通いました。準研究員として守能先生のご指導を受けた期間の授業料は不要。同研究員は現在でも継続。いつか恩返しをしなければなりません。

争訟担当主査になる　～大きな意義～

空白10年が本務に活きる

1999年(平成11)4月に東海南高校から、県教育委員会事務局管理部教職員課(主査:争訟・学校管理指導担当）に異動。同期のOさんが長期間同担当に在籍しており、公務員人事の常として、一旦他の職に就かせる必要が生じ、Nさんの推薦で、その代替要員として私に白羽の矢が当たったようです。以前から司法試験の勉強が役立つ法規担当を希望していたましが、ひょんなところから、司法試験の勉強が役に立つことに。教職員組合への対応も職務としてあり、この点は気が進みませんでしたが、訴訟や不服申し立ての審理などは、争訟担当主査（実質上の差配役)として県や教育委員会の指定代理人などの立場で関与することができました。日々、顧問弁護士の先生方とのやりとり、法廷への出席など、意気に感じて職務を遂行しました。

法廷へ

住民訴訟、情報（公文書）公開訴訟、学校事故訴訟、行政不服審査などの争訟を争訟管理担当主査として担当し、指定代理人として、法廷でも訴訟代理人の顧問弁護士とともに、訴訟対応をしました。これらの経験が、スポーツ法学界でも、地方自治体の争訟担当経験者として一目置かれることになりました。２００２年度（平成14）末の課長との人事面談では、次年度も在籍する方向でありました。しかし､次年度には異動することに。異動してから、次の職場（県教育事務所）管内の課題解決担当者として特命が出ていたことを知りました。

地方自治体の指定代理人という立場になったことで、この関係の訴訟の実態にかなり精通することとなりました。指定代理人は、県・県教育委員会側として判決文に氏名が記載されますが、地味な存在です。しかし、誰でもなれるものではなく、争訟担当者の一部（主査はすべての事件でなる）しかなれません。しかも、教育委員会や学校現場については、顧問の弁護士よりも精通していることから、争訟を遂行するにあたり、重要な役割を果たします。スポーツ法学会の会員の多くは弁護士でした。しかし、地方自治体の法律顧問や訴訟代理人経験者が極めて少なく、かつ地方自治体側の内情に詳しい学会員がほとんどいないことから、この種の訴訟関係では相当程度、貢献することができました。

思わぬ成果　～自己発見～

最も大きな成果は、自分の適職を見誤っていたことに気づいたことです。争訟担当主査として業務を行なうなかで、自分がなりたかった弁護士の実際の姿を見るにつけ、私は、弁護士という職業に向いていないと感じるようになりました。もともと、討論は得手ではない、じっくり考えて結論を出す傾向にある人間です。現在の法廷は、実質上、書面主義といわれても、やはり口頭でのやり取りが法廷で行なわれます。仮に、私が弁護士（訴訟代理人）として法廷に立っていたら、相手方から、また裁判官からの問いかけに窮するようなケースが幾度かありました。そのようなとき、県・県教委の顧問弁護士の先生たちはそつなく対応されていました。慣れだけではない、と私は直感。自分の能力に失望すると同時に、ホッとし、安堵感をもちました。私にとっては、この点でも大きな意義のある4年間となりました。

隠れ著作3部作を書き上げる

初心よみがえる

実質上の争訟担当者主査としての経験が、次に繋がった例を1つ紹介します。特集のテーマの選定に困ったからでしょうか、県教委総務課の広報担当者から、愛知県教育委員会編集の月刊広報誌『教育愛知』誌用の原稿依頼がありました。当時、被害者側の権利意識が高まりつつあった時期。学校事故が新聞紙上でもしばしば問題となっている折、「学校事故の法的責任」という特集を組みたいということで、2004年（平成15）3月まで教育委員会教職員課で争訟担当主査だった私にお鉢が回ってきたようでした。私は、もちろん、否応もなく引き受けました。1983年（昭和58）に新採で赴任した肢体不自由児学校で「学校事故」の問題に遭遇して以来、学校体育・スポーツ事故に関心をもち続けており、そのミニ集大成ともいえる機会と捉えたのです。

渾身の力をふりしぼる

２００４年（平成16）11月から２００５年（平成17）１月にかけて、「特集 学校事故と刑事責任」（２００３年〈平成15〉11月号）、「特集 学校事故と民事責任」（２００４年〈平成16〉４月号）、「特集 学校事故と行政責任」（２００６年〈平成16〉10月号）の３部作を書き上げました。総頁数は78ページ（各号26ページ）。これらの原稿を書くために、ホテルに閉じこもりました。といっても、平日の金曜日夕方から、翌週の月曜日朝方まで。

幸いにも勤務先から数分のところに地方公務員共済の宿泊施設がありました。金曜日には仕事を必死にやって、夕方までに区切りをつけます。晩御飯を買い込み、ホテルで電気スタンドを借り、室内の調度品を隅のほうに片づけ、資料を広げます。デスク前の鏡が気になり、覆いをします。私が大好きなテレビ（サスペンスドラマの画面になると見入ってしまう）は事前に、ホテル側に撤去を依頼。３泊しますが、当時は、宿泊者を多くするために宿泊料金が安価で、また県職員の宿泊はさらに安価。とくに日曜日の宿泊料金は平日以上に割引されます。気分転換に、ときには、公立学校共済組合の宿泊施設や私学振興事業団のホテルも利用しました。本来の仕事も結構忙しく、ホテルから誰もいない職場に戻って緊急の業務（訃報や校長経験者の死亡叙勲の対応等）を行なったこともありました。

自負と満足感

この3部作を執筆することにより、それまで学校体育事故やスポーツ事故の法的責任に留まっていた研究分野が学校事故全般に拡大し、争訟担当主査時代にも学校事故の法的責任全体を見渡す絶好の機会となりました。とくに学校事故における行政責任については、研究論文も少なく、自分こそが、行政内部に関わる者として、研究論文にもない視点で書き上げることができるのではないかと自負して、取組みました。

この3部作は、私が執筆したのですが、本文冒頭に掲げられたのは「県教委・教職員課」。当初からの約束で、私が執筆したものを教職員課でチェックし、同課執筆によるものとして掲載。それでも充実感、満足感一杯でした。

大学教員になれるかも？　〜ひっくり返った人事〜

願ってもない打診

遡って、２０００年（平成12）から２００１年（平成13）にかけての、私が50歳の頃の話。スポーツ法学会、日本スポーツ産業学会スポーツ法学分科会でご一緒させていただいていた某先生によると、知人の大学教員（九州地区の国立大学）から、「スポーツ法学」や「法学」を担当できる正規教員を探しているので、適任者を推薦してほしいとの依頼があったということでした。そこで、私を推薦したいがいかがですかとの打診。私には願ってもないことでした。

業績に不安を抱きつつ応募

大学教員応募書類というものを初めて書きました。しかし、大学院は修了していないし、博士号も未取得。履歴書上の最終学歴は「学士」。評価の対象となるのは、せいぜい、スポーツ法学会誌に掲載された野球時事故関係の３つの論文（当時は、査読制度がありませんでしたので「査読」付き論文としての高評価は期待できません）とベースボール・マガジン社の２つの前記連載、その他いくつかのスポーツ事故関係の論稿程度。もちろん、司法試験論文式試験合格どまりは履歴書には書けません。当時、争訟担当主査でしたが、そのことはせいぜい「実務経験」で考慮されるかもしれない、という程度でした。

ひっくり返った人事

スポーツ法学会にも、適任者の推薦依頼が来ていました。理事会で私が推薦されました。しかし、結局、採用されませんでした。後日談ということですが、教授会の前に開催される人事委員会レベルでは、私に決定していたと。しかし、最終的決定権限をもつ教授会開催の1週間前に、ある力学が働き、他から推薦を受けた人に変更されたそうです。

気持ちを切り替える

公務員の人事はかなり前から動きます。私はそのことを承知していましたので、同大学での採用の可能性（後任者候補を探す必要が発生）もあることから、教育委員会の人事担当主査に早めに情報を入れておきました。結局不採用になり、バツの悪い思いをしました。人事担当にも迷惑をかけました。指導教授の守能先生は不採用の結果を伝えると、「ふん！　自分を採らないと損するぞ！　と思えばいいですよ」と言ってくださいました。これで随分、気が楽になりました。この一件で、博士号取得に力が入りました。「取るぞ！」です。

もし、そのまま私が同大学に採用されていたら、博士号をとることもなく、自信をもって大学の教員として定年まで勤め上げることができなかったでしょう。大学の教員になるのに8年ほどの遅れをとりました。しかし、法学修士と博士号（体育学）の2つを取得しての松本大学での採用には、自信をもって臨むことができました。採用されてから、何度も「結果よし！」の思いを強くしました。

法学修士修了　～スポーツ立法政策へのアプローチ～

本務の研修で新たなテーマに出会う

愛知県に採用されて相当の年数を経て、2000年（平成12）6月に愛知県自治研修所が主催した主査級（中堅）県職員対象の「行政課題研修」（3カ月ほどの間の6日間）を受講。講師は東大の助教授の先生。そこでは、グループで「独自の条例による政策の形成」というテーマで、愛知県独自の条例をつくるという課題が与えられました。私は、思い切って、スポーツに関する条例案を作成することを提案。当時は、スポーツの利益を享受する住民の権利に着目して制定された条例がないことから、この権利を中心にスポーツに関する基本的な政策を内容とした条例を提案したのです。グループ発表後、講師からは、独自の条例にふさわしいとして高評価をいただきました。

これをきっかけに、スポーツに関する条例の収集・研究を本格的に開始することに。条例という法規範を使った地方自治体のスポーツ政策（スポーツ立法政策）を明確に意識しました。そして、前記行政課題研修期間中に、２０００年（平成12）７月に開催された日本体育・スポーツ政策学会第11回研究大会（国立スポーツ科学センター）で、「スポーツ基本条例の制定に関する一考察」と題して口頭発表。地方自治体のスポーツ政策の手法の一つとして条例の制定を考え、「スポーツ基本条例」として試案を提言して発表しました。

もう一つの学位

先の九州地方の国立大学不採用を受けて、スポーツ法学という法学系の分野であるならば、せめて法学分野の修士号も取得したほうがよいと判断し、守能先生の指導を一方で受けつつ、２００２年（平成14）４月に東亜大学大学院総合学術研究科（通信制）に入学。小笠原正先生（当時スポーツ法学会会長、専門分野は憲法）にご指導を受けました。修士論文は、前記行政課題研修、口頭発表をベースにした「スポーツ基本条例制定に係る憲法上の諸問題に関する一考察」です。大学院に入学するまでにすでに修士論文のほとんどが完成している状況で、スクーリングは楽しめました。そして無事、２００４年（平成16）３月に法学修士の称号を得ました。

初めての出版につながる

この修士論文は、『地方自治体のスポーツ立法政策論』（成文堂、２００７年〈平成19〉）の出版につながりました。行政課題研修が一つのきっかけとなり、地方自治体におけるスポーツ立法政策の研究分野を学界に書籍で問うこととなりました。さらに、スポーツ条例の研究は、２０１７年（平成29）に発行された吉田隆之・大阪市立大学大学院准教授との共著『文化条例政策とスポーツ条例政策』（成文堂）の出版につながりました。勤務先での研修での一滴が、私のその後の主たる研究テーマの一つとなり、それなりの成果として評価される潮流となりました。未完成との意識は強く、終生のテーマとなっています。

職場に突然の電話

今となっては日にちが明確ではありませんが、2004年（平成16）か、2005年（平成17）に入ってからか、日本体育・スポーツ経営学会（選考委員会委員長？事務局？）から、当時勤めていた愛知県教育委員会尾張教育事務所管理課に電話が入りました。同学会誌体育・スポーツ経営学研究誌（第19巻第1号）に掲載された拙稿「法務経営の観点から見た学校体育・スポーツ事故に関する一考察」が、学会賞を受賞した旨の連絡です。ついては、2005年（平成17）3月に南山大学で開催される研究大会・総会に出席してほしいとのことでした。

まったく寝耳に水、青天の霹靂。報告を受けた際はしばらく実感がわきませんでした。論文を投稿する際や学会誌に掲載された際にも、学会賞は念頭にはありませんでした。体育・スポーツ事故を法務的観点から考察したことが評価されたと聞いています。この賞は、受賞した当時よりも、その後の大学教員・研究者生活において、私に勇気・元気を与えてくれました。これまで、日本体育・スポーツ政策学会や野球文化學會において、学会賞の選考委員会委員長として選考に関与していますが、私と同じような思いを抱いてほしいと強く願いながら選考に当たってきました。

もう一つの学会　～日本体育・スポーツ政策学会～

いつのまにか役員になる

スポーツ法学会の後に入会した学会ですが、私に大きな影響を与えた学会の一つです。2003年（平成15）4月から理事に就任。入会した学会のうち、初めて学会運営に直接、影響を与える立場になり、緊張した記憶があります。理事会には積極的に出席しました。そして、2009年（平成21）4月には理事長（理事会を統括し、実質上の学会運営者といってよい立場）に選任され、2017年（平成29）3月まで務めました。同年4月から副会長、本年4月から顧問となりました。

予期せぬ科目を担当

私の専門分野は当初はスポーツ法学でしたが、松本大学では、スポーツ法学以外の科目も担当させられました。私が地方公務員であったことから、行政や政策関係も教えられるだろうということで（この時点ですでに本学会には入会）、「スポーツ行政論」、「スポーツ政策論」、「地域社会とスポーツ」、「スポーツマネジメント論」を担当。日本ティーボール協会の上級公認指導者資格をもっていたことから、体育実技「ティーボール」(健康栄養学科)も教えました。

専門分野の科目以外も担当することは、多くの大学では当たり前のことですが、当時はびっくり仰天。これで苦戦する先生方を多く見てきました。それまで、特定の分野に特化・焦点を絞って研究をしてきたのに、大学の教員になった途端に、わずかに「かする」程度の分野の科目を教えろ、というのですから。

しかし、私の場合、スポーツ条例の研究もしていましたから、スポーツ法学とともに、スポーツ行政やスポーツ政策への研究にも力が入っていきました。スポーツ条例は、条例という法規範による政策でありますし、立法法学に属する法学です。幸いにも、両者を一体的に研究する絶好のテーマだったことになります。スポーツ法学の分野では、法学の中心をなす解釈法学では実務法曹である弁護士の先生方に気後れします。しかし、立法法学は、地方行政に関わるなかで立法技術を相当時間学び、実際にも条例制定に関わっていますので、ある程度、自信をもって意見を述べることができました。

「地域社会とスポーツ」は、松本大学が推し進める地域貢献、地域活性化にぴったりの科目です。そこには、スポーツ行政論、スポーツ政策論なども絡んで、地域・地方とスポーツとの関係を考える機会を与えてくれた科目になりました。しばらくして、後述するように、ゼミ生たちと長野県内の総合型地域スポーツクラブへの支援活動へとつながっていきました。この際「スポーツマネジメント論」の授業準備の勉強、とくに団体の運営関係が大いに役立ちました。

得意分野が広がる

この学会では、理事長職として学会運営に係ることに時間を割かれ、スポーツ法学会ほどの研究発表、論文執筆の研究活動はできませんでした。しかし、私にとっては、スポーツ政策を立法的側面からアプローチするスポーツ立法政策を学界に問う機会を与えてくれた学会でした。自分から進んで選んだ専門分野ではなかったのですが、スポーツ法学とともに、私の専門分野の大きな柱になりました。

大学教員になる！

大学入学当初に、はかなく散った大学教員になりたいという夢が、２００７年（平成19）４月に実現します。学校法人松商学園が経営する松本大学人間健康学部に、学部新設要員として採用されたのです。50歳の頃に実現しかかったことを振りかえり、万感の思いで松本に赴任しました。

２００６年（平成18）３月下旬、中京大学学位記授与式にて、壇上で博士号（体育学）学位記を授与されました。その翌日、早速、大学教員公募サイトで検索、松本大学で「スポーツ法学」等の教員を募集していることをキャッチ。ただちに応募書類を作成し、提出しました。ほどなく、大学のほうへ出向いて欲しいとの連絡があり、特急しなので駆けつけました。きちっとした面接ではなく、面談のような感じで、人事担当者と学部開設担当教員と話し合いました。

松本大学から明確な採用の意思表示もなく、1カ月ほど経過したころ、研究仲間の先生から、他の某大学で政策系学部新設による教員採用への誘いの話がありました。先約優先ということから、最初に話があった松本大学に採否を打診しました。すると、「もう来てもらえるものと思って進めています」との返事が。この時点で、松本行きを決心。もし、この順序が違っていたら、また異なる人生だったかもしれません。

最初の研究書出版

私が松本大学に赴任して最初の研究業績としての成果物が前掲『地方自治体のスポーツ立法政策論』です。最初の研究書発行は、大学時代から公務員となった後もお世話になっている、法律書を専門とする成文堂から出版したいと思っていました。経費は父親が大学教授就任のお祝い（という形）として提供してくれました。所収の論稿は、松本大学の教員になる前のもので、愛知県職員の研修で芽生えたアイデアが、学会発表、修士論文へとつながり、本書の発行に大きく影響を与えました。

私は、早く研究書の出版という実績をつくりたく、一刻も早い出版を要望しました。しかし、出版社（成文堂）編集部長から、大学教員の立場で出版したほうがよいというアドバイスをいただき、大学の教員になった4月20日付けで出版。このことは、後に、大学教員になった後の研究業績としてカウントすることができる結果となりました。研究書の単著公刊ということで、他の教員に引け目を感じることなく過ごせました。むしろ、社会科学系では、研究書の単著を出版している教員は稀で、大学教員としてやっていくうえで一つの自信となりました。

夢が実現したあとの現実

現実にぶちあたる

しかし、それほど現実は甘くありませんでした。最初に着任した大学にあまりよい思い出はありません。在職した7年間（退職前3年間は学科長）の割には、自分としてはあまり成果を見出すことができませんでした。教職員間のあつれき等、どこの世界にもありそうなことながら、実現した夢の世界にはふさわしくない風景です。日常茶飯事ということではありませんでしたが。後に勤務する大学での他山の石的なことが少なくありません。後の大学ではこのようなことがないように気をつけました。しかし、後の大学でもまったくないということではありませんでした。

悩めるなかの成果

とはいうものの、最初に着任した大学が私に大きな成果をもたらしてくれたことがいくつかありました。一つめは、大学による地域貢献という視点の面白さを教えてくれたことです。地方の大学で、とくに地元の高校からの入学者が多いことから、大学の知名度や価値を高めるためには、地元への貢献が極めて効果的であることを理解している大学でした。実際、国（文部科学省）からも高評価で、日経グローカル誌「全国大学の地域貢献度調査」では、常に上位にある大学でした。教員に対する研究費でも、地域貢献関係の活動・研究について、特別枠（一般研究費とは別に査定）を設けて教員を積極的に支援していました。これは素晴らしい制度でした。

私は、この地域貢献活動・研究で、総合型地域スポーツクラブへの支援を実行しました。毎年、長野県内の60程度のクラブに実態調査を行ない、大学の支援によってクラブのもつ課題を解決できないかを問いました（一種の御用聞き）。とくに学生の派遣を積極的に進めました。学生の実地指導、地域の課題解決といった点でそれなりの成果を収めることができたと自負しています。私が次の大学に転勤した後は、引き継ぐ教員が出なかったのは残念でした。大学教員個人・研究室レベルでの活動の最大の難点です。

また、長野県内は、地域スポーツジャーナル誌（紙）が全国的にも珍しく、当時5誌（紙）も出ていました。これを応援するためにシンポジウムも開催。後に、日本体育・スポーツ政策学会第28回学会大会でのワークショップ「ワークショップ1：地域スポーツジャーナルがもたらす地域スポーツの発展と課題」に繋がりました。

二つめは、この大学に赴任したことから、松本市のスポーツ推進計画の策定に直接関われたことです。ベースとなった全文を、私が書き上げました。もちろん、さまざまな意見を参考にしながらです。健康寿命延伸都市を標榜し、「6つの健康」(「人」「生活」「地域」「環境」「経済」「教育・文化」の各健康)を打ち出した基本計画を踏まえた、松本市独自のスポーツ推進計画だといえます。これを契機に塩尻市スポーツ推進計画にもスポーツ推進計画策定懇話会の会長として関与することができました。松本市スポーツ推進計画は、私が編集・執筆に関わった『スポーツ・体育 指導・執務必携』(道和書院、2019年)にも地方スポーツ推進計画の代表例として所収することができました。

10年後に繋がった成果

奇しき縁

前掲『地方自治体のスポーツ立法政策論』の実質上の続編が、10年後の2017年(平成29)4月20日に発行された吉田隆之大阪市立大学大学院准教授との共著『文化条例政策とスポーツ条例』(成文堂)です。奇しくも、発行月日が同じとなっており、縁を感ぜざるをえません。

最初の前掲研究書を発行した後も、スポーツに関する条例を制定することによる政策の展開について研究を実施しました。２０１３年（平成25）に、吉田隆之准教授とスポーツ法学会の研究大会において、スポーツ基本条例と文化条例の比較について共同研究発表。それを論文化したものが、スポーツ法学会年報に掲載されるに至りました。

両人とも、文化、スポーツの各分野で条例政策に関心をもち、これまでに論文・論稿を各所で発表していました。本来なら、文化条例政策、スポーツ条例政策の各テーマの下、「単著」で出版することを検討してもよいところ。しかし、前掲共著論文を発表した際、スポーツと文化に関する条例論を1冊の本にしたら、それぞれ「単著」で出版するよりも、文化・スポーツの比較研究の観点からインパクトがあるのではないかと話し合いました。文化とスポーツは、国家予算の面等で比較されることが多いです。そこで、本書によって条例政策の面での比較研究に一石を投じることになればと考え、出版に踏み切りました。

学会賞を受く

前掲『文化条例政策とスポーツ条例』は、「日本体育・スポーツ政策学会２０１８年度学会賞」を授与されました。今回は、出版にあたって経費の著者持ち出しはありませんでした。学術書の出版が難しいなかにあって発刊にこぎつけたこと、文化政策とスポーツ政策の比較を条例という、これまでにない視点で考察していることが評価されました。スポーツ条例政策を先行して研究していた私が、吉田准教授（当時は愛知県職員）に文化条例を取り扱うことを勧め、将来的に比較しようと提案していたこともあり、本書の発行については感無量でした。学会賞授与という形で評価していただけたのは二重の喜びでした。

なお、タイトル（書名）で「文化」と「スポーツ」のどちらを先にするかについては、多少議論がありました。行政機関についていえば、文化が先にくるのが通常であること（建制順での配置が原則）から、「文化条例政策」を先に置くことに。筆頭著者をどうするかについては、前掲共著論文が吉田隆之先生をファースト・オーサーとしましたので、本書では私が筆頭著者。しかし、「はしがき」は吉田隆之先生にお願いし、「あとがき」を私が執筆。研究業績の世界では、ファースト・オーサーが高く評価されることが多く、執筆者間でもめる原因になります。本書に関しては、このようにバランスを取りました。

大学院設置要員として他大学に移る

定年後への思い

松本大学教員の定年は65歳。採用当初は、定年までの7年間を大学の教員で過ごせればそれで満足だと思っていました。退職を数年後に控えたあたりから定年後を思案し、10年間はやりたいと強く思うようになりました。多くの大学では定年後にもそのまま数年間、在籍できる制度（給料は大幅にダウン。職名も特任教授などと呼称）があります。しかし、松本大学は、当時、そのような制度は不存在。加えて、定年前の数年間は学科長などの校務が忙しく、かつ研究活動もほとんどできずに閉塞的な状況にあったこと、その他諸般の事情で、新天地を探す方向に意思が向きました。

たまたま見た募集

そうしたところに、桐蔭横浜大学（学校法人桐蔭学園、横浜市青葉区）が２０１５年度（平成27）に大学院を設置するための教員を募集しているという公募情報に接しました。専門分野の「スポーツ法学」ではなく、スポーツ政策系の大学院科目を担当できる者の募集です。スポーツ条例といった立法政策の研究論文・著書が相当数あったこと、松本大学大学院で「スポーツ政策特論」を担当していたこと等が評価されたのでしょうか。応募して1カ月以上経た後、忘れた頃に面接（プレゼン）に呼ばれました。小高い丘の上に立つ円筒形の学舎を青葉台駅（田園都市線）からのスクールバスの中から眺めて、押し潰されるような感情を抱きました。

移っても大変だった

２０１４年（平成26）４月に同大学スポーツ健康政策学部スポーツ健康政策学科教授に就任しました。大学院スポーツ科学研究科の創設は翌年度で、赴任初年度は同学部の授業を担当。「スポーツ政策論」、「スポーツマネジメント」、「スポーツと政治」等です。ここでも専門ではない「スポーツと政治」等の科目を担当しました。この頃には、専門外の科目の担当でも驚かなくなっていました。カリキュラムを組む先生方のご苦労を思えば何ともないのです。事前に準備を十分にしていけば授業として成り立つ見込みがあれば引き受けるスタンスをとりました。

同大に移っての初年度は大変でした。松本大学で私の後任が決まらず、私の担当した科目を他の教員でカバーすることができなかったからです。松本大学の学部では、「スポーツと法」、「スポーツ行政・政策論」、「地域社会とスポーツ」、「労働と法」、「労働安全衛生法」、「法学（含日本国憲法)」を担当し、大学院で「スポーツ政策特論」を担当していました。

結局、非常勤講師という立場で兼務。毎週、木曜日に、新任地の大学の授業(火曜日から木曜日までの間に実施)を終えて、その夜のうちにアパートのある川崎市麻生区から自家用車で3時間余をかけて松本波田の自宅へ。冬期の深夜、中央高速道・小淵沢PA(いつもここでトイレ休憩)からテカテカ光る路面を下っていくときの恐怖。翌金曜日に授業を終日行ない(土曜日に第1種衛生管理者を取得したい学生1人に対面で労働法関係科目の授業)、土曜日または日曜日(ときには月曜日)にアパートに帰る、という強行スケジュール。今考えると、よく続いたなあ、という思いです。

非常勤講師の報酬で増収しましたが、交通費は大学からの支給分以上に要し(確定申告の際、給与所得者として必要経費でも落とせず)、かつ収入が増えたことによる税金のランクが上がり、それが所得税や住民税に跳ね返りました。その後の1年は、日本の税制を恨めしく思うほど厳しいものでした。このときばかりは、働く者の意欲を削ぐ酷税だと叫ぶのでした。

望外の結末

新任地の大学は、大学院開設要員ということで、定年は他の教員と異なり68歳です。大学院が開設された2015年（平成27）4月からは大学院スポーツ科学研究科教授を兼任。ところが、採用されて2年経過したとき、私の所属したスポーツ健康政策学科の学科長を任されることになりました。学科長は2年任期と決まっており、その結果、定年が1年延長。学科長では、健康運動指導士や第1種衛生管理者の資格を取得できるようにするなど、カリキュラム改変を実行しました。その学科長の任期を終える際に、カリキュラム改変の円滑な引継ぎが必要ということで、特任教授として1年間残任を打診されました。もちろん応諾。ゼミ生の指導があり、給料は激減しましたが、校務から解放され、研究者らしい快適な1年を過ごすことができました。他人様からすれば、名ばかりで大したことではない、とのご意見もありましょうが、退職時には、最後の教授会で「名誉教授」の称号を授与されました。在職期間が5年という短い期間でありながら、「特に教育又は研究上特に功績のあった者」（学校教育法106条）として同大学によって評価されたのは嬉しいものでした。これで大学教員生活は望外のソフトランディングとなりました。

夢実現するも後悔あり

名誉教授の称号を授与されたにもかかわらず、私としては、残念な思いもありました。文部科学省への大学院申請書類（研究業績等）を作成している際に、大学院スポーツ科学研究科直属の教授（大学院直属のコア教員）としての申請ではなかったことを知ったときは落ち込みました。学部の教授との「兼任」という形で、研究指導教員（修士論文の指導を担当できる）となれなかったのです。それでは、大学院開設要員として横浜まで来た意味がないではないか、と。

それでも、せめて完成年度（大学院開設後、修士課程の修業年限である2年が経過する年度。何事もなければ、その後の年度から、大学が文部科学省に申請することなく、独自に研究指導教員を独自の基準で認定できる）である２０１７年度（平成29）末までには、基準をクリアしようと自分を鼓舞。授業や校務の合間を縫って、研究業績の積み上げに尽力したつもりです。その結果、同年3月には、文部科学省に申請した当時の基準をクリアすることができたようでした。としても、やはり、自己満足に過ぎないとの意識や負け惜しみ感をぬぐえず、虚しさが残りました。やはり実力・能力不足だったのです。校務の繁忙などにめげず、研究業績をもっと積んでおくべきでした。

残るトラウマの克服

新たなチャレンジ

司法試験失敗の後、自分は話し下手というトラウマになったことを記しました。公務員時代からの法律・実務研修会講師、大学教員になってからの授業、学科会議・教授会等での発言、依頼講演・講習会、セレモニーでの挨拶等、何百回もの機会がありました。しかし、自分で満足できたのは、さほどありません。

退職して1年数カ月たった2020年（令和2）9月のこと。テレビ松本のシニアメッセージ大会（中信地域のシニアを対象とした、青年の主張コンクールのようなもの）が松本市民芸術館で開催されることを地元紙で知りました。シニアたちの発表とともにトークショーがあり、特別ゲストとして松坂慶子さんが出演されるというのです。1972年（昭和47）にNHKで放送された銀河テレビ小説「若い人」（原作：石坂洋次郎）以来のファン。発表者（例年8人程度）になれば、より近くで直接お目にかかれる。与えられたテーマである「夢」と「後世に伝えたいこと」の2つとも原稿を書いて応募。後者のテーマで書いた「農作業を始めて学んだこと」が採用されました。

自分をリセット

応募する前、過去の大会の情報をインターネットで検索してみました。すると、発表者（全員）は最後に特別ゲストと一緒に記念撮影があり、さらに最優秀賞者は、特別ゲストから直接賞状を手渡されていました。チャンスとばかりに、これまでの自分をリセット。できるだけのことをして、発表に臨むことを決心しました。自分に課した課題は、１２００字程度の原稿を５分以内で原稿を見ないで、表情豊かに発表すること。これまで、発表すること自体に真摯に向かったことはなく、逆に避けてきていました。精一杯やって、うまくできなかったら、もう、それは自分に発表能力がないことの最後通牒になってしまうと思うと、恐ろしくなっていたからです。今回は、この年齢になったから、たとえ、発表している途中で頭が真っ白になっても、「済みません。頭が真っ白になりました。原稿を見させていただきます」と居直ることを決断しました。

満足できるまで繰り返す

発表原稿を、毎日、何回も繰り返しました。70回めあたりで、途中に思い出す時間がありましたが、何とか大まかな再生が可能に。しかし、いつまでやったら与えられた5分程度で収められるのか、不安に襲われます。文章を短くしたり、推敲したりして、ようやく130回めあたりで、5分30秒前後で落ち着きました。発表前日には、ウォーキングの際、山形村の松本平を望む田畑が広がるところで、声を大きくして発表練習を数回実施。当日も発表を待っている間、トイレや幕尻でもブツブツ。結局、発表まで合計170回は練習したでしょうか。

至福のひととき

当日の会場は、松本市民芸術館。テレビ松本社長の開会挨拶で来場者は600人とのこと。発表者は9人で、私の発表順は五十音順で最後です。壇上では、少し口の中が乾き、予定した表現ができなかったところもありましたが、途中、頭が真っ白になることもなく、ほぼ満足のいく出来具合となりました。演壇から退いて発表者控室に戻る途中、案内係の方から「素晴らしい発表でしたね！」との一言。発表者控室に入ると、同室内でモニターを見ておられた、すでに発表を終えられた方がたが、椅子から立ち上がって、賛辞の声とともに拍手で迎えてくださいました。「ああ、よくできたんだ」と実感。これで、少し自信がつきました。結果は何と最優秀賞。松坂慶子さんから賞状とトロフィー、副賞を直接手渡しされたのです。松坂さんが賞状の本文を読み上げてくださる間は、まさに至福のひとときでした。

しかし、後日送られてきたＤＶＤを観て、表情が硬い、声をもっと大きくすること等、反省点ばかり目につきます。松坂慶子さんが賞状を丁寧に読み上げてくださる場面ばかりを繰り返し見ています。やはり、話し下手はまだまだ克服はされていません。でも、次に同じような機会があったらチャレンジしようと思っています。少し、前進しました。

まだ道は続く

今、思い起こせば、大学卒業後の10年間の空白期間と公務員生活の24年間という2つの局面が、最終の大学教員への道・活動に向かって、微妙に絡み合った来し方であったようです。司法試験の大失敗から、今日に至るまで、まっすぐ上に向かって伸びるラセン状階段ではなく、上がったり下がったりの変形したラセン状のいびつな階段であったように思えてなりません。

絶望の淵から、25年後には大学入学当初にふと夢想した大学教員になるという「どんでん返し」の人生(まだ途中ですが)。公務員の世界に入ってからは、自分の能力の限界を感じつつ、「本務を活かして希望の道を目指す！　それが独自の世界を生きることになる」、「自分のなけなしの能力を出し切る！　自分の能力を使い果たし（て死に）たい！」、「弱点を治さなければ死んでも死にきれない！　せめて克服したことを感じたい」といった、信念に近い思いで駈けてきました。

話し下手というトラウマからの脱却は「どんでん返し」となっていません。まだまだです。

これからも残る余生を次のステージに向かって、前のめりで生きていきたいと思います。

7人七色、それぞれの思い

人生において、誰でも、新しい環境、厳しい試練、立ちはだかる壁に遭遇することがあるかと思います。その状況を克服した後から振り返ってみると、それは自分を成長させてくれたということが実感できるかと思います。ここに、7人の方が輝ける人生として紹介していることは、その人の人生の軌跡です。人生の軌跡は、この本に書かれているようにさまざまですが、皆、ときには涙しながら、苦悶しながら、喜びながら、それぞれの人生を輝かせた証です。人は生まれたときから、いつかは死を迎えることは決まっております。結果がわかっているから、何をやっても同じという退廃的な考えで生きていては、幸運にもこの世に生を受けた意味を、自ら放棄することになります。死を迎えるときに、「自分は十分、生ききった。自分を誕生させてくれた創造主へ感謝します」という感慨で、静かに、人生を閉じられたら、その人の人生は輝いていたといえます。この著作が、皆さまの今後の生き方の参考に、少しでもなれたら、私の最大の喜びといえます。

猪俣範一

私たち「輝き人生研究会」のメンバーは、高度経済成長期を経験し、その真っ只中を生き抜

いてきました。一般的に高度経済成長期は１９５０～１９７０年代の期間といわれており、「神武景気」「岩戸景気」「オリンピック景気」「いざなぎ景気」と続いた時期です。

こんな社会で、日本のコンピュータ時代の幕開けは１９７０年代でした。

私はこの時代において、さらに社会が便利になるようなバンキングシステムのある事務処理合理化のシステム化を提案し、現在でも進化しながら稼働していることに大きな満足感を抱いております。

この時代だからできたということではありません。どの社会でもアイデアは存在します。まさにコロナ禍の真っ只中にいる今は、生活様式を変えざるを得ない時代ですので、改革に値するアイデアはいっぱいあるような気がします。そしてＩＴ技術やＡＩ技術も大きく変革をきたしています。

改革アイデアと技術を結びつけることによって、もっともっと便利で早く、安心で楽になるものがあると確信しています。

今回、私が社会に提案できたこと、社会に役立っていることを披露できるチャンスをいただき、本当に感謝しております。

そして、本書を読んでいただいた皆さん、とくに若い技術者の皆さんがそれに気づき、社会のために行動を起こしていただくきっかけになれば本当に嬉しく思います。

最後にこの本をまとめるにあたって、企画していただいた小野恒氏をはじめ、執筆していただいた「輝き人生研究会」のメンバーの方がた、編集にご尽力いただいた日本地域社会研究所の皆さまに心から感謝申し上げます。

木下勝栄

私の輝き人生時代から30年が過ぎました。当時は高度成長期後半からリーマンショックによる失われた20年を経験し、その間はコンピュータ技術およびＩＴ技術の進展にも支えられたため、大きな景気低迷の中でも航空業界で無事に従事することができました。

当時は一整備士として働き、今はその整備士を育成する側にまわり、技術革新した航空機と関わりながら過ごしています。

日々進化しているＩＴおよびＡＩ技術を有効活用した新たな整備方式（とくにバーチャル技術を使う整備訓練）を構築する企業が現われています。まだ業界全体に展開するまでには至っていません。まさにコロナ禍の今、航空業界にとっては試練の期間が継続していますが、視点を変え、個人スキルを磨き、新技術を取得し、新たなシステムを構築するチャンス到来です。この与えられた自由に使える時間を有効活用することで、今後のアフターコロナの生き方が大きくよい方向に変わると考えます。

人生１００年時代の今、個人的には好奇心を継続し、老いない人生を歩む覚悟でいます。現役世代の方がたが、この本を手に取り、われわれの経験したことが少しでも今後の生き方の参考になれば幸いです。

小林尚衛

今は２人に１人ががんになるといわれています。

もし、この本を手にしてくださったがん患者の方が、あきらめなかった私を見て、強く生きる力を湧き上がらせ、がんとの闘いの参考にしていただけたら、最高の喜びになります。

あきらめないで生きてほしい気持ちで、つたない文章ではありますが、自分の気持ちをそのまま文章にした次第です。

最後に、この手記を出すにあたり、ゴルフの仲間である、猪俣さんの後押しと激励、そして私の参加を快諾してくださったメンバーの方がたに感謝の思いを送ります。

齊藤　純

人生はＳＷＯＴ分析

自分が心からワクワクドキドキ❤できること、瞬間瞬間を味わい生きる。
だから自分の強みや夢中になってわれを忘れることに全集中する。
それが人生だ。究極の自分の人生を生きる。
平安時代末期に、後白河法皇編さんの歌謡集『梁塵秘抄』（りょうじんひしょう）に、
人生は、
「遊びをせんとや生まれけむ
戯（たわぬ）れせんとや生まれけん
遊ぶ子供の声きけば
我が身さえこそ動（ゆる）がるれ」
と謳った。

「子どもは、遊ぶために生まれて来たのだろう？　戯れるために生まれて来たのだろう？夢中になって遊んでいる子どもの声を聴いていると、私の体さえもウキウキ動いてしまう」

仕事にしても、余暇にしても、趣味にしても、夢中になって全集中する人生もいいではないか、と。

根岸　昌

本書の論稿のほとんどは、執筆者が輝いたときや成功体験がつづられています。しかし、拙稿は、一旦夢は実現したものの、その後の人生では必ずしも満足のいくものではなかったことも述べています。むしろ、その後の無念さがにじみ出ている展開になっています。このようなものでも、読者の皆さんに、私を他山の石として、人生を生き抜く知恵の一つでも読み取っていただければ幸いです。読者の皆さまに輝く人生を送っていただくという本書出版の目的の一端を果たせることを期待します。筆の進むままに書きました。登場する方がた・団体の皆さまには思わぬ失礼な個所があるやもしれません。ご容赦ください。

吉田勝光

おわりに

コロナ禍中なのに、パソコンが突然壊れて、この本の企画書やメールアドレスのデータを失ってしまいました。失って初めて、日ごろのバックデータの必要性を認識した次第です。

新しいパソコン購入費は、幸い特別定額給付金（10万円）が出ましたので、補填ができて助かりました。企画書は記憶をたどりながら再度、作成し、メールアドレスは個別に電話し、空メールを送ってもらい、復旧できましたが、電話連絡できないアドレスも多数あり、残念です。

本の書名と執筆者グループ名称は、7人の皆さんから出していただいて、書名24案、グループ名15案から、一人3票の投票で一番多く獲得した案に決めました。

書名の『7人七色の人生体験　生き抜く知恵を読み取る』は、吉田勝光さんの提案です。「7人七色」は「しちにんななしょく」と読みます。「7人」は、執筆者の7人。「七色」は、原稿の内容がさまざまで、時期によっていろいろと変化していることを意味しています。虹色、夢（の実現）の意味も掛けているとのことで、この本の最適な題名ではないかと思います。

この本は、今後、自分史を出したいと思っている方がたが、仲間を募って共同で出版されるための参考にしていただける一助になると思います。就職や転職を考えておられる方にも、7人のさまざまな本音の人生体験の話を知っていただいて、「隣の芝生」は青く見えるが、青さを保つためにはさまざまな知恵が必要であることを心にとめていただき、今後の生き方の参考にしていただければ幸いです。

構想の段階からこの企画に賛同していただき、編集担当として携わっていただいた八木下知子さんに深く感謝いたします。

2021年3月

輝き人生研究会　代表

小野　恒

著者紹介

【特別寄稿】

八木哲郎（やぎ・てつろう）
1931年熊本県生まれ。ＮＰＯ法人 知的生産の技術研究会創始者。

【輝き人生研究会】 ※印 代表

猪俣範一（いのまた・のりかず）
1949年大分県生まれ。元プラントエンジニア。

小野　恒（おの・ひさし） ※
1949年岐阜県生まれ。土木エンジニア。

木下勝栄（きのした・かつえい）
1945年新潟県生まれ。元システムエンジニア。

小林尚衛（こばやし・なおえ）
1955年長野県生まれ。元航空機整備エンジニア。

齊藤　純（さいとう・じゅん）
1944年群馬県生まれ。元貿易会社経営。

根岸　昌（ねぎし・まさし）
1959年神奈川県生まれ。元金融マン。現在公務員。

吉田勝光（よしだ・まさみつ）
1949年岐阜県生まれ。桐蔭横浜大学名誉教授。

7人七色《しちにんなないろ》の人生体験《じんせいたいけん》 ―生《い》き抜《ぬ》く知恵《ちえ》を読《よ》み取《と》る―

2021年5月31日　第1刷発行

編　者　輝《かがや》き人生研究会《じんせいけんきゅうかい》
著　者　猪俣範一《いのまたのりかず》　小野恒《おのひさし》　木下勝栄《きのしたかつえい》　小林尚衛《こばやしなおえ》
齊藤純《さいとうじゅん》　根岸昌《ねぎしまさし》　吉田勝光《よしだまさみつ》

発行者　落合英秋
発行所　株式会社 日本地域社会研究所
〒167-0043　東京都杉並区上荻1-25-1
TEL　(03) 5397-1231（代表）
FAX　(03) 5397-1237
メールアドレス　tps@n-chiken.com
ホームページ　http://www.n-chiken.com
郵便振替口座　00150-1-41143
印刷所　中央精版印刷株式会社

ISBN978-4-89022-277-3